만권의 기억[데이터]에서
너에게 어울리는
딱 한 권을 추천해줄게

만권의 기억[데이터에서 너에게 어울리는 딱 한 권을 추천해줄게

하나다 나나코 지음 구수영 옮김

책을 무기로 나만의 여행을 떠난 도쿄 서점원의 1년

21세기북스

차례

프롤로그

「X」, 새로운 세계로
나아가는 통로

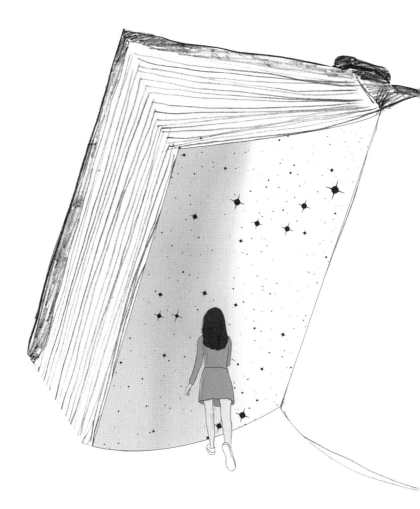

★

2013년 1월의 어느 밤.

요코하마 변두리에 있는 패밀리 레스토랑에서 홀로 새벽 2시가 되기를 기다리고 있었다. 이럴 때는 책을 읽어도 글자가 눈에 들어오지 않는다. 당장 갈아입을 옷과 소지품만 챙겨서 집을 나온 지 일주일째 되는 밤이다.

근처 사우나에서 묵을 생각이지만 숙소로 이용하기에는 불편했다. 6시간 이상 체류하면 추가 요금을 내야 하기 때문이다. 숙박비로 3천 엔을 넘기지 않으려면 새벽 2시 이후에 찾아야 한다.

숙박 장소를 고를 때는 '잠을 푹 자고 싶은가? 빨래를 해야 하는가? 조금이라도 돈을 아끼고 싶은가?'를 자문하여 가장 적합한 곳을 고른다. 그 결과, 지금까지 간이 숙박업소나 사우나, 캡슐 호텔을 번갈아 이용했다.

매일 해가 떨어지면 잘 곳을 찾아야 하는 생활이 이어지고 있다. 그 압박감에 지칠 대로 지쳤다. 몇 천 엔이라는 돈이 매일 숙박비로 사라지는 것도 부담이다. 도대체 이런 짓을 언제까지 계속해야 하는 걸까.

"더 이상 아무 일도 없었던 것처럼 같이 살지 못하겠어. 이 집으로는 다시 돌아오지 않을 거야."

일주일 전, 남편에게 그렇게 말하고 둘이 살던 아파트를 나왔다. 갈 곳도 없고 앞으로 어떻게 해야 할지도 몰랐다. '내가 집을 나오면 남편이 정신을 차리겠지' 하는 기대도 없었다. 식어버린 커피를 마시면서 생각했다. 이런 어중간한 생활이 이어진다 해도 마음이 풀려서 집으로 들어가는 일은 없을 거라고. 더는 그곳으로 돌아가지 않으리라.

'살 집을 찾자. 혼자 살아가면서 내 생활을 바로잡자.'

주변에서 결혼 생활이 망가져 불쌍한 사람이라고 생각하려나? 물론 그것도 싫지만 나 자신부터 그런 식으로 생각해버리면 그것이 일종의 암시가 되어 더더욱 나를 구렁텅

이로 밀어 넣을 것만 같았다. 스스로를 불쌍하다고 생각하는 인생은 살고 싶지 않다.

지금껏 휴일이면 남편과 둘이서 시간을 보냈다. 혼자가 된 후에는 여유 시간에 무엇을 하면 좋을까.

나는 책과 잡화를 파는 체인점 '빌리지 뱅가드Village Vanguard'에서 점장으로 일하고 있다. 직업이 그렇다 보니 취미라고 해도 독서나 책방 탐방이 고작이다. 휴일에 같이 시간을 보내줄 친구도 없다. 도대체 인생을 얼마나 좁게 살아온 것일까. **나에게는 아무것도 없다.**

'좁은 인생······.'

내가 모르는 세계를 조금 더 알고 싶다. 넓은 세계로 나아가 새로운 내가 되어 건강하게 살고 싶다.

떠돌이 생활은 계속 마음을 마모시켰기에 오래가지 못했다. 얼마 지나지 않아 남편을 만나 대화를 나누었다. 같이 살던 집을 해약하고 각자 새로운 곳으로 이사하기로 했다. 남편이 먼저 집을 떠나고, 나는 직장에서 가까운 요코하마역 근처에 아파트를 빌렸다.

결혼할 때 산 지나치게 큰 냉장고는 혼자 사는 아파트에 어울리지 않았다. 익숙함이라고는 손톱만큼도 없는 경치가 창밖으로 펼쳐졌다. 그 풍경을 보며 마음이 설렐 만큼 정신이 회복되지 못했다. 차들이 바로 앞 대로를 끊임없이 지나가고 있다. 그 모습을 멍하니 바라보며 "머지않아 마이너스에서 제로로 돌아갈 수 있으리라"고 자신을 타이르듯 말했다.

☆

「X」라는 만남 사이트를 알게 된 것은 이사한 지 얼마 지나지 않아서다. 젊은 창업자가 쓴 책을 건성으로 읽다가 문득 한 곳에 눈길이 멈췄다. 새로운 시대의 웹서비스 중 하나로 소개된 그 사이트는 '모르는 사람과 만나서 삼십 분 동안 대화를 나눠본다'는 콘셉트였다.

'그래, 이거야……'

그렇게 직감했다. 읽던 책을 덮고 휴대전화로 손을 뻗었다.

사이트에 로그인하려면 페이스북을 통한 인증이 필요했다. 나는 SNS에 관심이 없어서 지금껏 어떤 서비스도 이용한 적이 없었다. 곧장 페이스북 계정부터 만들기 시작했다.

등록, 프로필 설정, 인증, 다시 등록, 프로필 설정……

긴 관문을 거쳐 겨우 「X」를 둘러볼 수 있었다. 그곳에는 자기 사진을 내건 다양한 사람들이 있었다.

"일이나 취미에 관한 이야기 등 뭐든 OK니까 대화 나눠요", "창업하고 싶거나 계획하고 계신 분, 정보 교환합시다" 등 간단한 소개와 함께 어느 날, 몇 시에 시부야 혹은 신주쿠에서 대화를 나누자며 말을 걸었다.

'뭐지 이건? 지금껏 본 적 없는 세계잖아!'

'만남'을 이성 사이의 연애 목적으로 한정하지 않아서일까, 「X」에서는 확실히 음침한 느낌이 없었다. 아니 오히려 세련되게 느껴졌다. 그간 상상하던 '만남 사이트'와는 너무나 달랐다. 학생, 아저씨, 젊고 예쁜 직장인 여성 등 수많은 사람들이 사이트 안에 공존했다.

'정말 마음만 먹으면 누구와도 만날 수 있는 걸까?'

그렇게 생각하니 엄청나게 느껴졌다. '그럼 누구로 하지?' 다시 꼼꼼히 살펴봤지만 상대방을 고르기가 쉽지 않다. 자기소개에 별다른 특징 없이 "어떤 이야기든 OK"라고만 써놓은 사람은 결정적인 무언가가 부족했다. 그런 사람은 만나고 싶지 않을뿐더러 흥미조차 생기지 않았다. "연애에 관한 이야기를 하고 싶습니다!"라거나 "뇌를 연구하고 있습니다!"처럼 구체적으로 끌리는 포인트가 있는 사람을 만나고 싶었다.

'그렇다면 과연 내 프로필은 어떻게 쓰면 좋을까?'

"취미는 독서입니다"나 "책 이야기를 나누어요" 정도가 무난할까. 하지만 이곳에서 그런 자기소개는 아무 의미도 없을 것 같았다. 아무것도 쓰지 않는 것과 마찬가지 아닐까.

'그래. 여기서 그걸 해보면 어떨까……?'

순간 번뜩이며 떠오른 생각을 나는 곧장 머릿속에서 지워버렸다. 모르는 사람을 상대로 갑자기 '그런 걸' 할 수 있을 리가 없다. 너무 무모하다. 지금까지 제대로 해본 적도 없으면서.

……그래도, 딱히 실패한다고 해서 문제가 생기는 것도 아니다. 원하는 대로 풀리지 않는다 해도 상대방이 조금 실망할 뿐이다. 아무것도 하지 않는 것보다는 시도해보는 것이 낫지 않을까?

고민에 고민을 거듭한 후 나는 프로필을 수정해나갔다.

"특이한 책방의 점장을 맡고 있습니다. **만 권이 넘는 막대한 기억 데이터 안에서 지금 당신에게 딱 맞는 책을 한 권 추천해드립니다.**"

'정말 이렇게 써도 괜찮을까. 에이 일단 해보는 거지 뭐.'

이렇게 수수께끼로 가득한 만남 사이트에서 나는 한 번도 써본 적 없는 무기를 손에 든 채 나만의 여행을 시작했다.

제1장

매드 시티,
도쿄

★

"혹시 나나코 씨 아닌가요?"

카페에 들어서자마자 다가와 말을 걸어온 사람은 상상한 것보다 온화하고 조용한 분위기의 키가 훤칠한 남자였다. 나이는 사십 대 초반일까.

"도야입니다. 잘 부탁해요. 음료는 벌써 주문하셨어요? 저는 여기에 자주 오는데 치즈 케이크가 맛있거든요. 혹시 괜찮으시다면 제가 살 테니까 드셔보세요. 정말 추천해요."

이렇게 말하면서 아무렇지 않게 건너편 자리에 앉는 그. 이것이 나의 기념할 만한 첫 번째 상대, 도야 씨와의 만남이었다.

☆

「X」에 프로필을 등록한 후 시스템을 이해하기 위해 잠시 사이트를 둘러보았다.

누군가를 만나기 위한 절차는 다음과 같았다. 우선 "○월 ○일 17시 시부야 근처"와 같이 일시와 대강의 장소를 설정한 뒤 "즐거운 대화 나눠요!" 같은 한마디를 덧붙여서 게시글을 올린다. 이것을 사이트 내에서는 '토크를 등록한다'고 하는데 그 정보는 로그인한 사람들에게 게시판 같은 형식으로 공개되고 그를 만나고 싶은 사람은 신청버튼을 누를 수 있다.

만약 여러 사람이 신청했다면 그들 중 가장 만나고 싶은 사람을 고르면 되고, 만나고 싶은 사람이 한 명도 없는 경우에는 전부 거절하면 된다. 아무도 신청하지 않았다면 만남은 이뤄지지 않고 그대로 끝나버린다. 즉 누군가를 만나고 싶다면 토크를 등록해서 신청을 기다리거나, 이미 등록되어 있는 토크에 만남을 신청하면 된다.

프로필을 올리는 것만으로는 아무 일도 일어나지 않는다. 사이트를 둘러볼수록 페이스북이나 트위터와는 다르다는 것을 알 수 있었다. 이곳에서는 그저 보는 것만으로는 아무런 재미도 느낄 수 없었다. 인기 랭킹 상위에 있는 사람에게 '좋아요'를 누르거나 자기 관심사에 #독서 #여행 등 닥치는 대로 태그를 달거나, 같은 태그를 단 사람을 확인하는 정도밖에 할 수 없었다.

지금 올라와 있는 토크 목록을 보니 여러 시간대에 토크를 등록했는데도 신청을 받지 못한 사람도 많았다.

'내 토크에 신청자가 한 명도 없으면 어쩌지? 서운하려나? 아니 그보다 볼썽사나울 거야. 게다가 이상한 사람들만 신청하면 어쩌지?'

이런저런 생각을 하다 보니 토크를 등록할 결심이 서지 않았다. 그때 페이스북 메신저에 새로운 알림이 울렸다. 모르는 사람이었다.

"안녕하세요. (^^)/ 도야라고 합니다! 광고 일을 하고 있습니다. 「X」에서 보고 메시지 보내요! 새로 오신 분이죠? 잘 부탁합니다! 저도 그다지 잘 아는 것은 아니지만, 사이트를 이용하다가 모르는 것이 있거든 물어봐주세요☆"

'뭐지?!'

친절한 사람이 나타났다는 안도감과 함께 '이 사람은 왜 알지도 못하는 사람에게 메시지를 보낼까' 하는 의심도 들었다.

"말을 걸어주서서 고맙습니다. 그런데 어떻게 저에 관해 알고 계신 거죠?"

"어떻게 나나코 씨의 페이스북 주소를 알았느냐는 말인가요? (^^;) 프로필 아래에 페이스북과 트위터 로고가 보이시나요? 그걸 클릭하면 그 사람의 계정을 볼 수 있어요. 수상해 보이는 사람이 신청했다면 한 번 들여다보는 것이 좋겠죠. 회사 이름이나 경력이 적혀 있으면 조금은 안심이 되니까요. 올린 글을 보고 성격도 대충 파악할 수 있고요. 그리고 최근에 막 등록한 사람이나 현재 사이트를 이용 중인 사람은 '추천인' 부분에 표시되거든요. 아래쪽에요. 찾으셨나요?"

굳이 메시지를 보내서 이것저것 가르쳐주는 걸 보니 오지랖이 넓은 사람처럼 보였지만 그래도 나쁜 사람 같지는 않았다.

"그렇군요…… 아직 모르는 것이 많아서요. 고맙습니다"

"토크는 등록 안 하세요? 우선 분위기를 살펴보시는 건가요?"

"등록을 안 하면 아무것도 시작되지 않겠구나 싶긴 한데 아무도 신청하지 않으면 어쩌나 뭐, 이런저런 걱정이 들어서요."

"그럼 첫 번째로 저와 만나보지 않으실래요? 날짜와 시간을 정해주시면 제가 신청할게요. 일단 연습 삼아서요! 뭐든 다 경험이니까요~♪"

뭔가 억지로 끌려가는 기분이지만 계속 사이트만 쳐다보는 것보다 나을까? 위험한 사람은 아닌 것 같고 시험 삼아 만나보는 것도 좋을지 모른다.

"그럼 해볼게요. 감사합니다. 지금 등록할게요."

도야 씨와의 만남은 이렇게 결정되었다.

☆

도야 씨가 지정한 장소는 시부야에서 정통 커피를 맛볼 수 있는 세련된 카페였다. '지금부터 모르는 사람을 만나 대화를 나눠야 한다'라고 생각하니 긴장이 되어 마음이 진정되지 않았다. 몇 번이고 가게를 둘러보고 스커트 주름을 고쳐가며 안절부절못했다.

하지만 막상 그를 만나고 나니 '뭐야……, 그렇게 무서워할 일도 아니네'라는 생각이 들었다. 도야 씨가 대하기 어려운 인상을 풍기지 않은 것도 한몫했으리라. 음료와 함께 도야 씨에게 추천받은 케이크를 주문할 무렵에는 '미지의 세계에 대한 긴장감'도 대부분 사라져 있었다.

"도야 씨는 이미 오랜 기간 「X」에서 활동하고 있으신 거죠? 어쩌다 이 사이트를 이용하게 되셨어요? 경험해보신 소감은요?"

"음, 혼자서 차를 마시는 것보다 기분 전환도 되고 젊은 사람의 이야기를 듣다 보면 자극도 받을 수 있고요. 일에 대한 새로운 아이디어를 얻기도 하죠. 재미있어요. 나나코 씨는요?"

"저는 남편이랑 별거를 하게 되어서요. 새로운 세계를 만나고 싶었어요. 그리고 어차피 하는 거라면 연습하는 셈 치고 사람들에게 책을 추천해보자, 생각한 거고요."

"별거! 그렇군요. 여러 가지로 힘든 일이 있으셨군요. 하지만 앞으로 다시 새로운 이야기가 생겨나지 않을까요? 나나코 씨는 참 재미있는 분이시군요. 말하기 싫으면 안 하셔도 되지만 별거하게 된 이유를 물어도 될까요?"

"에, 그게……."

남편이 같은 회사에 근무해서 공통의 친구가 많았기 때문에 지금까지는 별거 이유에 관해 말할 일이 없었다. 내 입장만 말하면 아무래도 내 쪽이 피해자처럼 느껴질 테니 공평하지 않다는 생각이 들었다. 별거는 쌍방의 문제이니까 남편을 탓하거나 증오할 마음은 없었다. 문제를 회피하며 먼저 거리를 두자고 한 것도 나였기에 어느 정도 미안한 마음마저 느끼고 있었다.

하지만 여기서 만난 사람은 우리와 아무런 관계도 없다. 남편의 지인과 별거에 관해 뒷이야기를 할 일도 없고 '그런 식으로 말하던데'라며 남편에게 고자질할 걱정도 없다. 오늘 이후로 만날 일 없는 완전한 타인에게 농담을 섞어 말할 수 있어 왠지 마음이 편해졌다.

도야 씨는 흥미롭게 내 이야기를 듣더니 "그렇군요, 그렇군요" 하고 맞장구를 쳐주었다.

"이곳을 통해서 다양한 사람을 만날 수 있으니까요! 나나코 씨는 이미 별거 중이니 남자 친구를 만들어도 되지 않을까요? 이런 말은 조금 그렇지만 몸의 외로움…… 같은 것도 있을 테고요."

방향이 어긋난 격려의 말에 '뭐지……?' 하고 생각했지만, '그렇구나. 여기에서는 이런 식의 성적인 화제도 스스럼없이 이야기할 수 있구나' 하고 깨달았다.

"뭐, 몸의 외로움 같은 건 딱히 없지만요. 남자 친구는 언젠가 생기면 좋겠죠."

이런 식으로 적당히 넘기려 했지만 도야 씨는 꽤나 집

요하게 굴었다.

"외로움이라고 할까. 성욕이라고 하면 너무 노골적인 건 아닐까 생각해서요! 그래도 여자들에게도 성욕이 있는 것이 그리 부끄러운 일은 아니라고 생각해요."

뭐지? 내가 욕구불만으로 고민하는 것처럼 이야기가 진행되고 있다. 나아가 도야 씨는 나를 다그치기라도 하듯 이렇게 말했다.

"나는 남녀평등에 대찬성이고 여자들을 존경하지만, 남자 없이 계속 혼자서 노력하는 여자들한테는 역시 조금 히스테리가 느껴지거든요. 어떤 여자든 남자에게 사랑받고 채워져야 빛날 수 있다고 할까."

이런 구닥다리 같은 지론에 나도 모르게 쓴웃음이 났다. 그것을 눈치챘는지 도야 씨가 자기 말을 꾸미려 들었다.

"아니, 남자가 끊임없이 있는 편이 좋다거나 나나코 씨가 메말라 보인다거나 딱히 그런 말이 아니고요! 그냥 나나코 씨라면 분명 새로운 남자 친구를 찾을 수 있으리라 생각한다는 이야기였어요."

"고맙습니다. 그렇네요. 피에르 다키_{일본의 배우 겸 가수}같이 멋진 남자를 찾을 수 있으면 좋겠네요."

이렇게 의도적으로 화제를 돌리려는데…….

"아니, 피에르 다키라니! 그런 사람을 좋아해요? 특이하네요! 뭐, 피에르 다키처럼 재미는 없을지 몰라도 나라도 좋다면 언제든 밥이라도 같이 먹어요. 남편과의 문제든, 괴로운 일이든 아무 때나 이야기해서 풀어주세요. 섹스를 하든 안 하든 나는 상관없으니 나나코 씨가 좋을 대로! 아, 뭐라는 거지. 나?"

그는 결국 이렇게 어떻게든 나를 섹스에 관한 이야기로 끌고 가고 싶어 했다. 약간 짜증이 났지만, 뭐 그래도 이 사람 덕분에 첫걸음을 내디딜 수 있었으니까 감사하자, 감사.

"마음은 고맙지만 지금은 그것보다 「X」에서 다양한 사람을 만나보고 싶어요! 오늘 도야 씨와 만난 것처럼 앞으로도 다양한 사람을 만나게 될 것이 무지 기대되네요."

'그러니까 이제 더는 당신을 만날 생각이 없어요'라고 마음속으로 덧붙이며 나는 말했다.

"아, 그렇죠. 그래도요. 수상한 사람도 많으니까요."

이쯤 되면 '아니, 그건 당신이잖아'라고 말해도 좋지 않을까, 하는 생각이 들어서 농담을 섞어 말했다.

"분명 그렇네요. 도야 씨 같은 수상한 사람도 있으니까요."

"아니, 잠깐. 그 말은 너무하잖아요~ 사이좋게 지내요."

"흠……. 뭔가 귀찮아 보이니 사양할게요."

"아니~! 그러시지 말고~!"

삼십 분이라는 정해진 시간 안에서 처음 만난 사람과 이렇게 가벼운 대화를 나눌 수 있다는 것이 신선했다. 게다가 이 사람과는 두 번 다시 만나지 않아도 된다. 그 사실이 마음을 편안하게 했다.

일단 가볍게 거절한 것이 주효했던 모양인지, 그 후로 도야 씨는 광고업계의 에피소드나 평소 자신이 하는 일, 최근에 참여한 광고에 대해 이야기했다.

이야기가 막바지에 다다라서야 나는 당황해서 책에 관해 물었다. 평소에는 어떤 책을 읽는지, 어떤 책을 읽고 싶은지.

"음. 소설이 좋겠네요. 최근에는 거의 책을 안 읽었거든요."

그와 대화를 나누어보니 어떤 신간이 나오는지에도 관심이 없고, 책을 많이 읽는 사람처럼도 보이지 않았다.

집요하게 다시 만나고 싶어 하기도 하고 어떻게든 섹스에 관한 이야기로 끌고 가려는 아저씨 특유의 끈적거림에는 두 손, 두 발 다 들었지만, 일에 관해 이야기할 때는 섬세하고 감성적인 면이 느껴졌다. 성격이나 직업을 봐도 고전적인 작품보다는 현대적인 작품을 좋아할 것 같고.

그래서 그에게는 최근에 읽고서 '엄청나다'라고 생각한 히구치 다케히로樋口毅宏의 책을 추천하기로 마음먹었다. 처음 책을 읽었을 때 완전히 새로운 언어와 세계관을 가진 사람이라는 생각에 마음이 들썩이던 기억이 난다. 광고를 만드는 사람이니 이렇게 재능 있는 사람을 모른다면 꼭 읽어봤으면 했다. 『굿바이 조시가야さらば雑司ヶ谷』도 좋겠지만 어찌 되었든 섹스를 좋아하는 것 같으니 제목에 섹스라는 말이 들어간 『일본의 섹스日本のセックス』라면 읽어줄지 모른다. 문고본으로 나온 지 얼마 안 되었기에 신선하다는 면에서도 제격이었다.

내용은 스와핑swapping 세계에 발을 들이게 되는 부부 이야기다. 처음에는 그저 에로 소설처럼 보이지만 도중에 폭력 소설이 되고, 재판 소설로 치닫다가 결국 순애 소설로 끝난다는 그 황당무계함이 재미있었다. 그야말로 제트코스터를 타는 것 같은 작품이랄까. 도야 씨의 마음에 들면 좋을 텐데.

그렇게 첫 번째로 소개할 책을 고른 후 감사 인사와 함께 페이스북 메신저로 소개문을 보냈다.

생각보다 낯선 사람을 만나는 일은 무섭지 않았다. 지금까지는 별거나 일 문제로 침울하게 있을 때가 많았는데 그런 문제와는 아무 관련도 없는 도야 씨를 만남으로써 현 상황에 사로잡히지 않은, 밝고 즐거운 자신을 마주할 수 있어 놀랐다.

☆

재미를 붙인 나는 다음 날에도 곧장 '토크'를 등록했다. 그날은 마침 쉬는 날이라 도쿄 시내에 나가 있었다. 볼일을 마치고 저녁이 되어 '지금부터 한 시간 후'라고 등록해도 누군가가 신청해줄까? 시험해보는 기분으로 사이트에 글을 올렸다.

십 분이 지나도 아무도 신청하지 않았다. '사람들이 그리 자주 사이트를 확인하는 것도 아닐 테고, 운 좋게 시간이 맞는 사람도 드물겠지' 하고 반쯤 포기하고 있는데 신청 메시지가 도착했다. '고지'라는 이름이었다.

"등록하신 글 봤어요! 꼭 한 번 만나뵙고 싶습니다! 그런데 제가 지금 일하는 중이거든요. 조금 있으면 끝나긴 하지만 저녁 8시에는 어려울 것 같아요! 8시 반 정도에는 어떠신가요?"

답변하기 전에 그 자리에서 고지 씨의 프로필을 확인해보았다. 만남 횟수가 꽤 쌓여 있었다. 그를 만나본 사람들의 추천글에는 "밝고 재미있는 사람", "말이 너무 잘 통해서 시간을 대폭 연장했어요(웃음)", "긍정적이고 에너지 넘치는 분입니다!"라는 말이 쓰여 있었다.

나빠 보이지 않았다.

"카페에서 책을 읽고 있으니 괜찮아요. 신경 쓰지 말고 천천히 오세요."

두 번째 상대인 고지 씨와는 이렇게 토크가 결정되었다.

일본풍 카페에서 책을 읽으며 기다렸다. 카페가 너무 조용해서 '여기서 대화를 나눠도 괜찮을까' 걱정하고 있는데 새로운 메시지가 도착했다.

"정말 죄송해요, 갑자기 일이 밀려들어서요! 지금 회사를 나서니까 9시 10분 정도에는 도착할 것 같네요."

울컥 짜증이 났다. 이 말은 처음 내가 등록한 시각보다 한 시간 이상 늦는다는 말 아닌가. 이 사람이 아니었다면 다른 사람을 만날 수도 있었는데 그 시간을 통째로 날리고 이렇게까지 상대에게 맞춰야 하는 걸까?

더 기다리는 것이 싫다면 거절하면 그만이다. 하지만

빨리 돌아가야 할 이유도 없고 기왕 나왔으니 한번 만나나 보자고 마음을 고쳐먹었다.

카페가 밤 9시까지만 운영해서 약속 장소를 바꿔야 했다. 주변에 늦게까지 문을 여는 카페도 없고 배도 고팠기 때문에 가까이에 있는 'S'라는 바에서 기다리기로 했다. 고지 씨에게 가게 위치가 찍힌 링크를 보냈다. 더 이상 멍하니 기다리는 일도 바보처럼 느껴져서 먼저 술을 곁들여 식사를 하기로 했다.

"나나코 씨인가요? 죄송합니다, 죄송합니다, 죄송합니다!! 아, 정말로 죄송합니다!!"

이렇게 말하며 나타난 사람은 상쾌한 외모, 커다란 목소리, 밝은 분위기를 겸비한 서른 살 전후의 남자였다. 전혀 미안해 보이지 않는 사과에 나도 모르게 웃음이 나왔다.

"아니, 괜찮아요. 혼자 피자를 먹고 있었거든요."

"휴, 다행이다. 웃어줘서!! 정말 천사시네요! 그것만으로도 마음이 놓여요! 피자를 드셨군요. 저도 배가 고파요! 무슨 피자예요? 더 드실 수 있나요? 오늘은 그냥 마음 놓고 드세요! 술도 더 마셔요! 제가 사과하는 의미로 쏠게요!"

그러더니 카운터 옆에 앉으며 점원에게 말했다.

"아, 저기요, 맥주 주세요! 가장 큰 사이즈로! 아니 그냥 통으로 주셔도 돼요! 에, 오백만 있어요? 하하! 괜찮아요! 문제없어요!"

그는 이렇게 한껏 흥분해서 떠들었다. 주문한 맥주가 나오고 건배를 한 후에야 겨우 차분하게 대화를 나눌 수 있었다.

"나나코 씨는 「X」를 이제 막 시작하셨나 봐요. 오늘은 저 같은 사람을 만나주셔서 영광입니다!"

"저야말로요. 고지 씨는 토크 횟수가 꽤 많던데요."

"맞아요, 뭐 그렇긴 하죠."

왠인지 그는 부끄러운 듯 머리를 긁적였다.

"고지 씨는 왜 「X」를 하세요?"

"저는 벤처 기업에서 아이들의 교육에 관한 일을 하고 있거든요. 언젠가는 창업을 하고 싶어요. 자금을 모으면서 아이템을 갖추는 중이라고 할 수 있죠. 지금껏 계속 교육업계에서 일했으니까 창업한다면 그쪽 방면이 될 테지만 지금 회사에는 남자만 있어서 여성의 의견이나 아이디어를 들을 기회가 없거든요. 그래서 제 아이디어를 들려주기도 하고 의견도 듣고 있습니다!"

고지 씨는 마치 면접에서 지망 동기에 관해 질문을 받

은 학생처럼 시원시원하게 대답했다.

"그렇군요. 다양한 이용법이 있네요……."

"나나코 씨는요?"

나는 어제 도야 씨에게 말한 것과 비슷한 식으로 답했다. 고지 씨는 과장되게 고개를 끄덕였다가 눈썹을 찌푸리기도 하고, 미소를 보이기도 하며 내 이야기를 들어주었다.

"멋지네요! 새로운 도전을 하는 거군요! 저는 그런 나나코 씨 인생의 한 순간을 이렇게 마주했고요! 우와, 이건 정말 감사할 일이네요. 이렇게 긍정적으로 나아가는 나나코 씨와 만난 것도 분명 운명일 거예요. 나나코 씨의 마음에 용기를 얻어서 저도 더 힘내야겠어요. 그리고 나나코 씨를 힘껏 응원할게요!"

그는 그렇게 말하면서 느닷없이 악수를 청해왔다. 옳고 그름을 떠나 그의 말에는 지나치게 열량 과다인 단어가 많았다.

"아, 네……."

조금 꺼려지는 기분을 뒤로하며 악수하기 위해 손을 내미는데…….

"앗! 잠깐만요! 이 사람, 조금 기분 나쁘다고 생각했죠? 열정이 너무 넘친다고 생각했죠? 저도 알아요. 저도 삼십 년을 이런 캐릭터로 살아왔거든요. 주변에 그렇게 생각하는 사람이 많으니까요!"

"아니, 그냥 익숙하지 않아서요. 죄송해요. 익숙해지면 더는 썰렁하게 느껴지지 않을 거예요."

"썰렁하다니! 더더욱 부정하고 있잖아요! 아니 뭐 그렇죠. 알고는 있지만요. 그래도 말에는 힘이 담겨 있으니 더 많이 말하는 편이 좋다고 생각합니다. 감사하다는 말 같은 건, 그러니까 부끄러워하면 안 되는 거예요. 아시겠어요? 더 자주 소리 내어 말을 내뱉어야 해요! 긍정적으로 돌진해서 맞서는 짐승이 되고 싶어요! 다케이 소일본의 탤런트이자 전 육상 선수라고 아세요? 모르세요? 에, 모른다고요? 그건 그렇고 나나코 씨는! 미인이시네요! 미인이 아닌가요? 미인이 아닌 게 아닌 게 아닌 게 아닌가요?"

"으응? 뭐라고요?"

고지 씨와 대화를 나누다 보면 피곤해지기는 해도 나쁜 사람 같지는 않았다. 도저히 그 에너지를 흉내 낼 수는 없었지만 이야기를 나누는 것만으로 기운을 얻는 믿기 힘든 느낌이 들었다. 결국 그 정체 모를 힘에 압도당해 술을 추가로 시키며 두 시간이나 이야기를 나누었다.

고지 씨에게 책에 관해 묻자 이렇게 답했다.

"나나코를 더 알고 싶으니까(어째서인지 나중에는 반말을 했다) 지금 네가 가장 좋다고 생각하는 책, 너라는 사람을 알 수 있는 책을 소개해줘. 꼭 사서 읽을게!"

조금 김이 샜지만 '뭐 이런 만남도 있는 거지' 생각하며 집에 돌아가서 고민해보기로 했다.

지금 내가 가장 좋다고 생각하는 책……. 그렇다면 오미야 에리大宮エリ—의 『'마음을 전한다는 것 전시회'의 모든 것思いを伝えるということ展のすべて』을 소개해야겠다.

이 책은 오미야 에리의 개인전을 사진과 문장으로 기록한 것으로, 팬이 아닌 일반인에게는 이해하기 어려운 책일지도 모른다. 하지만 지난번 집을 나와 생활했을 때 나는 이 책을 부적처럼 들고 다니며 읽고 또 읽었다. 읽을 때마다 울었다. '쉽지는 않겠지만 그래도 해보자. 다른 사람과 관계를 맺어나가자'라는 저자의 메시지가 마음 깊숙이 파고들어 내게는 무척이나 소중한 책이었다. 만약 이 인연을 계기로 오미야 에리의 말이 고지 씨의 가슴에도 전달된다면 무척 기쁘리라. 고지 씨에게 책을 추천하는 글을 페이스북 메신저로 보냈다.

그에게서 곧장 답장이 왔다.

"나나코, 책 추천 고마워! 지난밤에는 무척이나 익사이

팅했어! 제대로 표현하기 어렵지만 우리 둘, 엄청 마음이 잘 맞는다고 생각해. 비슷한 에너지를 가진 사람들이 같이 불꽃을 더하면 파워는 두 배, 세 배 커질 거야. 그날, 나나코도 나와 같은 느낌이었지?

나는 결혼했지만 사람과의 만남은 언제나 운명적인 것이니까 그런 건 상관없다고 생각해. 다음에 만날 때는 시간 신경 쓰지 말고 나나코와 아침까지 대화를 나누고 싶어. 조금 더 서로에 대해 깊이 알고 싶어.

그래도 나나코가 발을 내딛지 않겠다면 그것도 하나의 선택이야. 용기를 못 내는 것은 안타깝지만. 만약 그렇다면 답장은 필요 없어! 남자답게 견딜게."

뭐, 뭐지? 갑자기 새로운 전개로 발을 내딛거나(남녀 관계로 나아가자는 것으로 해석해도 좋을 테지), 아니면 다시는 연락하지 않거나, 두 선택지를 강요당한 상황이 되어버렸다.

놀라서 멍해져 있는데 뒤이어 처음에 만난 도야 씨에게서도 답장이 왔다. 이것도 이것대로 황당하기 그지없는 내용이었다.

"『일본의 섹스』라니 이거 소설이네요. 무척 흥미로워요. 추천 고마워요. 주제가 스와핑인 것을 보니 나나코 씨도 그런 쪽에 흥미가 있나요? 이 책을 읽고서 나나코 씨의 섹스관은 어떻게 달라졌나요? 여자들은 역시 받아들이는 쪽이잖아요. 그럼 누군가에게 보여지거나, 누군가가 자신을 두고 욕정에 사로잡히는 모습을 보면 여자들은 불타오르는 걸까요? 남자로서 궁금합니다. 다음에 만날 때는 이 책에 관해 즐겁게 대화를 나누고 싶네요. 메구로에 맛있는 고깃집이 있는데 다음 주쯤에 시간 어떠세요?"

아, 그런 건가. 그렇군. 그런 느낌이군. 음……. 역시.

이 외모, 33세, 기혼(다만 별거 중/아이 없음)이 스펙으로도 통하는구나……. 이 업계(?)에서는 아직 나에 대한 수요가 있구나. 이 두 통의 메시지를 통해 솔직히 나는 건강진단에서 A 판정을 받은 것 같은 안도감을 느꼈다.

하지만 그건 두 사람을 실제로 만났을 때 느낀, 조금이지만 두근거렸던 감정과는 거리가 있다. 그때는 마음을 교감하며 즐겁게 이야기를 나누었다. 무언가 다시 시작된 기분이었고 새롭게 한 발을 내디딘 것만 같았다. 책도 최고라고 생각하는 작품 중 상대가 흥미를 느낄 만한 것으로 열심히 고민해 추천했다. 하지만 결국 상대는 여자와 섹스할 수 있는지 여부만 중요했던 것이다.

떨쳐낼 수 없는 무력감이 마음속에 퍼져나갔다.

☆

하지만 그래도 조금만 더 시도해보고 싶었다.

세 번째로 만난 사람은 하라다 씨였다. 앞서 두 명을 밤에 만난 것이 문제였을지 모른다. 그래서 이번에는 휴일 낮으로 설정해보았다. 토크에는 두 명 이상이 신청해서 그중 가장 멀쩡해 보이는 사람을 골랐다. 상대를 고를 수 있기에 아무런 정보가 없는 사람은 피할 수 있어 좋았다.

약속 장소인 스타벅스에 도착하자 하라다 씨로 보이는 마른 체구의 남성이 터틀넥을 입고서 자리에 앉아 있었다. 테이블에는 커피와 함께 트럼프 카드가 놓여 있었다. 전에 만났던 기세 좋은 두 명과는 다르게 품격 있고 어른스러워 보이는 사람이었다. 인사를 하는 둥 마는 둥 하고 하라다 씨가 먼저 말을 꺼냈다.

"오늘은 마술을 보여드리고 싶은데요."

"엇, 네."

분명 하라다 씨의 프로필에는 "마술을 보여드립니다. 그 밖에는 사진을 찍거나 시를 쓰는 것을 좋아합니다. 매일 블로그를 업데이트합니다"라고 쓰여 있었다.

갑작스러워서 조금 놀랐지만 마술을 보여준다고 당당

하게 말할 만큼 제대로 마술을 구사했고, 실제로 보는 재미도 있었다. 하라다 씨 자신도 인사를 나눌 때보다 마술을 보여줄 때 더 당당하고 즐거워 보였다.

하라다 씨는 준비해 온 마술을 차례차례 보여주었다. 그리고 약속 시간 삼십 분 중 절반인 십오 분이 지났을 때, "그럭저럭 전부 보여드린 것 같네요"라면서 트럼프를 정리해 케이스에 넣고는 검정 파일을 꺼내 들었다.

"그리고 사진도 찍고 시도 쓰고 있어요. 혹시 괜찮으면 잠깐 보시고 감상을 들려주시면 좋겠어요."

"아, 네. 그럴게요……."

약간 머뭇거리며 파일을 열자 반짝반짝 빛나는 관람차를 배경으로 코스모스가 피어 있는 낭만적인 사진과 함께 명조체로 시가 인쇄되어 있었다. 시는 언뜻 느껴지는 그의 인상과는 달랐다. 마술과는 또 다른 하라다 씨의 세계가 엿보이는 작품이었다.

〈Memory〉

헤어짐은 무엇을 위해 존재하는가.

너를 잃고 난 후에는 언제나 그런 것만 생각한다.

하늘을 올려다보면 너의 웃는 얼굴이 떠올라.

하지만 푸른 하늘을 보며 너 같은 미소를 지을 수는 없어.

벌써 계절이 한 바퀴 돌아버렸네.

잘 지내니.

사진의 모티브는 주로 야경, 꽃, 하늘, 노을, 물웅덩이에 떨어진 낙엽, 커피 잔, 네잎클로버 같은 것이었다. 시는 연애에 관한 것 아니면 '퍼붓듯 내리는 비도 언젠가는 그치고 그렇기에 하늘에 걸린 무지개는 아름답다'는 식으로 로맨틱한 메시지가 많아서 나도 모르게 잠시 침묵하고 말았다.

"사진은…… 디지털카메라로 찍으시나요? 색감이 예쁘네요……."

여기서 이런 질문은 어울리지 않다고 생각했지만 침묵을 피하고자 머릿속에 떠오르는 대로 물었다.

"어째서 시를 쓰시는 건가요? 시는 어떨 때 쓰세요? 자기 경험을 쓰시는 건가요?"

내가 파일을 보면서 시원치 않은 질문을 하면 하라다 씨가 느릿느릿 대답하는 대화가 이어졌다.

"뭔가 마음에 드는 작품이 있으셨나요?"

"음, 그게 맨 앞에 있는 관람차가 좋았어요."

"아, 그런 말을 자주 들어요."

"그리고 이거랑 이것도"라고 손으로 파일을 들춰가며 말하자 하라다 씨가 조금 기뻐하는 듯해 마음이 놓였다. 그런 이야기를 나누다 보니 어느새 삼십 분이 모두 지났다. 서둘러 물었다.

"그러고 보니 하라다 씨에 관해서는 하나도 못 물어봤네요. 저도 책을 한 권씩 추천하고 있거든요. 혹시 이런 책을 읽고 싶다, 하는 것이 있으신가요?"

"흐음, 글쎄요. 실은 책을 거의 안 읽어서요. 시도 독학이랄까, 그냥 생각나는 대로 쓰는 거라서. 혹시 시집을 추천해주시면 어떤 것이든 상관없으니 읽어보고 싶네요."

앞선 두 사람에게는 메시지로 책을 소개해서 그런 일이 일어난 건가 싶어 이번에는 생각나는 책을 그 자리에서 곧장 말하기로 했다.

"그럼 여성 시인 중에 이바라키 노리코茨木のリ子라는 사람이 있는데 아시나요?"

"아니요, 잘 모르겠어요."

"어떤 시집이든 상관없지만, 만약 한 권만 사신다면 베스트 판본 격인 『여자의 말おんなのことば』이 좋을 것 같아요. 일본 시인 중에서는 다니카와 슌타로谷川俊太郎가 제일 유명

하다고 생각하는 사람이 많지만 이바라키 노리코는 그보다 메시지가 강하고 마음을 직접 울리는 느낌이에요. 하라다 씨가 시를 쓰실 때 참고가 될 법한 표현이 있을지도 모르겠어요. 순수함과 강인함이 공존하고, 뜨겁고 간결한 언어로 쓰여서 무척이나 감동적이에요. 저는 아주 좋아해요."

"그렇군요. 재미있어 보이네요. 꼭 한번 읽어볼게요."

그러고는 맥이 빠질 정도로 단번에 헤어졌다. 앞서 만났던 두 사람의 무리한 억지, 따라가기 힘든 분위기와 비교하면 오늘은 너무나 담백해서 오히려 신선했다. 서로에 대해 알아가는 대화를 나누는 것이 「X」의 기본 방식이라고 생각했는데 그저 자신이 보여주고 싶은 것만 보여주는 삼십 분도 가능하다는 것을 깨달았다.

자유…….

새로운 문이 또 하나 열린 기분이었다.

☆

네 번째로 만난 사람은 '오하시'라는 이름의 이십 대 중반 남자였다. 대학을 졸업하고 사회인이 된 지 얼마 되지 않은 듯 어색함이 묻어나는 정장 차림과 하늘색 가방이 묘하게 어울리지 않는 모습이었다.

금요일 밤, 시부야의 도토루_{일본의 유명 커피 체인점}는 몹시 혼잡했다. 오하시 씨는 가게 앞에서 기다리고 있었는데 내가 온 것을 알고는 자연스러운 미소를 지으며 인사를 건넸다.

"커피숍에 사람이 많은 것 같네요. 조금 더 조용한 카페로 가실래요?"

"아니요. 뭐, 금방 자리가 나겠죠."

오하시 씨는 그렇게 말하며 가게로 들어서서는 자신의 음료를 주문한 뒤 자리를 찾아보겠다면서 계단을 총총 올라갔다. 당황한 나도 아이스티를 주문해 그의 뒤를 쫓았다. 이인용 테이블에 겨우 자리를 잡고 인사를 나눈 후 한숨 돌리는데 그가 말했다.

"저는 지금 멘털리즘을 공부하고 있어요. 괜찮으시면 한번 보여드릴게요."

그러면서 10엔짜리 동전을 하나 꺼내 나에게 건넸다.

"이 동전을 제가 모르게 어느 한 손에 쥔 다음, 두 주먹을 앞으로 내밀어주세요. 동전이 어디에 들어 있는지 맞혀볼게요."

'어라, '멘털리즘'이라는 용어가 그새 일반 용어가 된 건가? 분명 TV에 나오는 DaiGo_{일본의 가수 겸 배우}가 만들어 쓰던

조어였는데.'

　다만 그 부분은 지적하지 않고 한쪽 손에 10엔 동전을 쥔 후 그가 말한 대로 두 주먹을 테이블 위에 올려놓았다.

　"이건 감으로 맞히는 것이 아니에요. '이쪽인가요?' 하고 물었을 때 아주 작은 표정 변화로 판단하는 거죠. 아, 제가 보여달라고 하기 전까지는 손을 펴지 마세요. 맞든 틀리든, 아직 말하지 마시고요. 흠, 오른쪽인가요······?"

　그가 의미심장한 눈길로 내 얼굴을 바라보았다. 나는 아무런 표정도 드러내지 않으려 했지만 (그래도 이렇게까지 자신만만해하는데 만약 틀리면 마음이 불편해지니 그가 맞히면 좋겠다는 생각 등의) 잡념으로 머리가 가득 찼다.

　"알았습니다. 왼손이죠? 보여주세요."

　그의 말에 마음속으로 안타까워하며 아무것도 들어 있지 않은 왼손을 펼쳐 보였다.

　"어라······."

　그가 당황하는 모습이 그만 가여워서 나도 모르게 마음에도 없는 말을 늘어놓기 시작했다.

　"아니, 사실은 왼쪽이라고 생각하도록 지금 엄청나게 노력했어요! 제가 이겼네요! 휴우. 그래도 들키는 것은 아닐까 두근두근했어요! 안력眼力이 정말 대단하셔서······."

"아아, 그래요? 제가 당했네요. 나나코 씨는 배우 소질이 있으시네요! 전에 DaiGo도 요시나가 사유리일본의 배우 겸 가수를 상대로는 꿰뚫어 보지 못했죠."

오하시 씨는 마음이 놓인 듯 평소의 학습 방법이라며 자신이 보는 TV 방송에 관해 알려주었다. 그래도 그렇게 자신만만하게 단언하고서 틀릴 정도면 악의도 없는 것 같고 미워할 수 없는 사람이랄까, 기본적으로는 좋은 사람이었다.

"멘털리즘을 할 수 있게 되면 그것을 악용하려는 것이 아니에요. 그 기술을 이용해 다른 사람과 더 원활히 소통하고 싶어요."

그의 이야기를 듣고 『웃기는 기술ウケる技術』(고바야시 쇼헤이小林昌平, 야마모토 쇼지山本周嗣, 미즈노 게이야水野敬也)을 추천했다. 대화를 통해 상대를 웃길 수 있는 온갖 기술이 담긴 일종의 자기계발서다. 단순히 읽고 웃어넘기기만 할 것이 아니라 상대방을 웃기려면 어떤 개그가 통할지 대화 안에서 간파하여 조율하는 능력이 중요하다고 말하고 있다. 자신도 모르게 커뮤니케이션에 관한 진리를 깨달을 수 있는 책이다.

"오, 재미있겠네요. 제 공부에도 도움이 될 것 같아요."

흥미를 느끼는 것 같아 안심했다. '공부'라는 말이 나와 가볍게 물었다.

"오하시 씨는 그럼 심리 상담 같은 일을 하시나요?"

그는 잠시 허공을 바라보다가 "흐음" 하고 망설인 후에 "지금은 뭐 이런저런 일을……"이라며 얼버무렸다. 그러고는 반쯤 혼잣말로 말했다.

"그래도 실은 하쿠호도博報堂, 일본의 대형 광고 회사에서 스카우트 제안이 들어와서 고민 중이에요. 그런데 뭐 지금도 연봉이 5천만 엔 정도니까……. 아, 이런 말해버렸네."

그는 이렇게 묻지도 않은 것을 굳이 친절하게 가르쳐주었다. 그 말을 들은 나는 "우와! 연봉 5천만이라니 대단하네요! 그렇게 돈을 많이 벌면서 도토루 같은 곳에 다니고 게다가 더치페이라니. 정말 배울 만하네요"라고 감탄하는 모습을 보이고 싶었지만 차마 그럴 수는 없었다.

적어도 연봉 1천만 엔이라고 하면 '진짜일까?' 의심하면서도 조금은 믿을 수 있었을지 모른다. 그런데 5천만 엔이라니.

'너무 따라가기 어려운 수준이잖아! 아니지, 그렇게까지 비현실적인 숫자를 말하는 걸 보면 지금은 웃을 타이밍일까? 그래도 왠지 웃음을 터뜨릴 만한 분위기도 아닌 것 같고…….'

이런저런 생각을 하다 보니 결국 뭐가 뭔지 모르게 대화가 끊기고 말았다. 그래서 "우와……"라고 맥없이 말하고는 아이스티를 들이켰다.

"……아, 슬슬 시간이 다 되어가네요. 일어날까요?"

"아, 정말이네요. 그럴까요?"

그렇게 둘이서 컵과 쟁반을 반납하고 도토루를 나섰다.

'아니, 아무리 그래도 이건 너무하지 않은가? 섹스를 떠벌리는 사람, 결혼한 상태이지만 자신은 문제없다고 말하는 사람, 시간 내내 마술을 보여주고 시를 발표하는 사람, 연봉이 5천만 엔이라고 말도 안 되는 거짓말을 하는 사람. 이런 이상한 사람만 있는 사이트라는 말일까. 완전히 엉망진창이잖아. 너무 심해.'

그런 생각은 들었지만 5천만과 함께 시부야역을 향해 걷는 길은 평소보다 더욱 밝게 빛나고 있었다. 그도 그럴 것이 무기질처럼 불편하게만 여겨지던 거리가 문을 조금 열어보니 이렇게나 재미있는 매드 시티mad city였던 것이다. 이 얼마나 자유로운가.

'하고 싶은 대로 하면 되는 거였어? 그럼 나도 내 마음대로 해보겠어. 내 멋대로 책을 소개해주지.'

그렇게 마음을 불태워가며 유명한 시부야 스크램블 교차로에서 신호를 기다리는데 5천만이 "저기" 하고 쭈뼛쭈뼛 이야기를 꺼냈다.

"……나나코 씨, 프로필을 조금 특이하게 적었잖아요? 그거 바꾸는 편이 좋을 듯해요. 저야 워낙 도전하는 걸 좋아해서 어떤 사람인지 확인해보려고 나왔거든요. 실제로 만나보니 멀쩡한 분이어서 안심했어요. 그래도 어쨌든 위험한 사람이라고 여기는 사람도 많을 테니까 앞으로 다양한 사람을 만나려면 진지하게 쓰는 편이 낫지 않을까요?"

'뭐?'

허를 찔린 기분이었다. 상대방을 의심하는 마음으로 가득 찬 나머지 내가 상대방에게서 의심을 받을 수 있을 거란 생각은 전혀 못 했다.

이런 사이트에서는 다른 사람보다 눈에 띄는 것이 중요하다고 생각해서 일부러 튀는 캐릭터를 설정했다. 직업란에 '섹시 서점원'이라고 기재했고 오하시 씨와 만날 때는 모집 소개란에 "H가 심해지면 심해질수록 가늘어지는 것은 뭘까요~? 답을 아시는 분 만나요!H는 야한 행위나 성관계 등을 의미하는 속어"라는 식의 야한 수수께끼까지 출제했다(답은 연필……). 거기다가 프로필 사진도 '쓰치노코' 인형을 머리에 뒤집어

46

쓰고 무표정하게 찍은 셀카 사진이다. 그야말로 이상한 사람이라는 느낌을 물씬 풍기고 있었다.

쓰치노코는 〈도라에몽〉에서 만퉁퉁이 미래에서 데려온 캐릭터다. 그 캐릭터를 이용한 티슈 커버를 가지고 있었는데 평소 집에서 모자처럼 뒤집어쓰다가 '어라? 이거 엄청 귀엽잖아'라며 셀카를 찍은 것이다.

생각하면 생각할수록 기분이 가라앉았다. DaiGo 흉내를 내면서 10엔이 들어 있지 않은 손을 엄청 진지하게 고르는 사람을 비웃을 처지가 아닌 것이다. 나 또한 수상하기 그지없었다. 누가 봐도 그냥 위험한 사람이잖아!

'내 마음대로 해주겠어!'라고 기세 좋게 벼를 때가 아니었다. 이제 보니 내가 가장 위험한 사람이었다. 그것도 내가 위험해 보인다고 생각한 사람에게 그런 충고를 받았다는 점이 두 배로 충격이었다. 죽고 싶어졌다.

"아, 정말 그렇겠네요……. 지금 뭔가 정신이 번쩍 들었어요. 바로 바꿀게요."

"그러는 편이 확실히 더 좋을 거예요!"

'고마워! 5천만. 오늘만은 너의 연봉을 믿어줄게.'

신호가 파란불로 바뀌었다. 우리는 손을 흔들고 헤어져 매드 시티를 뒤로했다.

☆

　오하시 씨에게 프로필에 대한 지적을 받은 후, 그 다음 번에 만난 이다 씨 덕분에 내 프로필과 각종 등록 화면이 비약적으로 향상되었다.

　이다 씨는 야구 선수인 마쓰이 히데키松井秀喜를 닮아 강인해 보이지만 밝은 분위기에 부드러운 대화 능력을 가진 보험 영업맨이었다. 지금은 독립해서 프리랜서로 일한다고 했다. 그래서인지 영업맨 특유의 예의 바른 태도와 편안한 분위기가 균형 잡힌, 왠지 안심할 수 있는 사람이었다.

　"섹시 서점원은 이제 그만둔 건가요? 프로필에서 지워졌네요."

　"그건 잊어주세요……."

　내가 뿌린 씨앗이지만 얼굴을 맞대고 그 단어를 들으니 더욱 죽고 싶어졌다.

　"아니, 그게 재미있는 사람이 나타났다고 「X」에서 만난 친구와도 이야기를 나눈 참이거든요. 나나코 씨는 「X」에서 만난 사람에게 책을 소개하죠?"

　"네. 솔직히 말하면 조금이라도 더 눈에 띄어야 '좋아요'를 받고 인기 랭킹도 오를까 싶어서 조금 무리한 캐릭터를 설정했던 거예요. 그런데 요전번에 만난 분한테서 위험한 사람 같아 보인다고 지적받아서 막 지운 참이거든요."

"아, 그렇군요. 누군가요? 오하시 씨? 흠. 그 사람, 의외로 좋은 면이 있군요."

그 말에 이다 씨도 오하시 씨를 만난 적이 있다는 것을 깨달았다. '의외로'라는 단어를 쓴 것을 보니 오하시 씨를 좋게 생각하는 것 같지 않아서 '아 혹시 연봉에 관한 이야기인가요? 그때도 5천만 엔이라고 했나요?'라고 묻고 싶었지만 참았다. 이다 씨는 차분해 보이는 미소로 이야기를 계속했다.

"만 권의 기억 데이터라는 것은 정말 대단하네요."

"아, 그건 전부 읽었다는 의미는 아니에요. 제가 점장을 맡은 가게를 다시 개점하면서 지난 일 년 동안 들인 모든 책의 목록을 볼 기회가 있었는데, 그게 1만 3,000권 정도였거든요. 그걸 전부 혼자 발주해서 표지 이미지나 대략적인 내용을 기억해요. 그래서 그렇게 쓴 거예요."

"그렇군요. 책 추천이라 정말 좋은 콘셉트라고 생각해요. 그저 특이한 사람처럼 보이는 것보다는 자신이 하고 싶은 것을 성실하게 전하는 편이 분명 인기 있을 테고 나나코 씨가 정말로 하고 싶은 것을 해주기를 바라는 사람을 만날 가능성도 커지겠죠. 지금까지 만난 사람들한테도 책을 소개하셨나요?"

"네. 만났을 때 추천하기도 했고 조금 생각한 뒤 며칠 후에 메시지로 보낸 적도 있어요."

이다 씨는 "그렇군요" 하며 턱을 괴고 무언가를 생각하더니, "응응" 하며 혼자서 머리를 끄덕이고는 고개를 들어 말했다.

"그럼 만난 사람에게 미리 양해를 구해서 프로필 아래에 표시되는 부분, 그러니까 그 사람을 만난 후 제삼자가 쓸 수 있는 소개란에 추천한 책도 쓰는 편이 낫겠네요. 그러면 사람들이 나나코 씨의 프로필만 봐도 어떤 식으로 책을 추천해주는지 알 수 있으니 좋은 광고가 되지 않을까요? 나나코 씨의 프로필을 못 본 사람도 다른 사람의 프로필을 통해 나나코 씨의 의견을 보면 흥미를 느낄 수 있을 테고요."

"오, 그렇네요. 거기까지는 생각하지 못했어요."

"그리고 프로필뿐만 아니라 토크 모집을 본 사람이 한눈에 '책을 소개한다'는 점을 알 수 있도록 그 내용을 써두는 편이 좋겠어요. 지금 방식이라면 나나코 씨에게 관심을 가지고 '뒷부분 계속 보기'를 클릭한 사람만 책을 소개해주는 사람이라는 걸 알게 되니까요."

"진짜 그렇네요."

"지금 잠시 로그인해보시겠어요?"

이렇게 말하면서 이다 씨는 자신의 컴퓨터로 「X」 사이트를 열어 내게 계정을 입력하게 했다. 로그인한 후 건네주니 그는 익숙한 손놀림으로 프로필 페이지를 쓱쓱 수정해나갔다.

"우선 여기를 이렇게 쓰고……, 여기는 지우고……."

그걸 지켜보고 있으니 금세 '이 사람에게 책을 소개받고 싶다'라고 생각될 법한 페이지가 완성되었다. 쓰치노코를 뒤집어쓴 이상한 사진만 바꾸지 못해서 의도치 않게 남았지만……. 이건 나중에 다시 찍어 올려야지.

"대, 대단해요……. 고맙습니다."

"아니에요. 앞으로도 「X」를 계속하셨으면 해서요. 「X」를 좋아하고 즐겨주시면 좋겠어요."

이다 씨는 마치 운영진이라도 되는 것처럼 말했다.

"그런데 이다 씨는 왜 그렇게까지 말씀하시는 건가요? 「X」가 좋아서인가요?"

"아, 그런가. 이상하게 생각될 수 있겠네요. 저는 이 서비스가 시작되었을 무렵부터 활동한 초창기 멤버라고 할까, 처음부터 계속 이용해왔거든요. 정말로 좋은 시스템이라 생각하고 여기서 좋은 친구도 많이 만들었어요. 그래서

「X」를 지켜나가고 싶다고 생각하게 되었죠.

　다만 좋은 만남도 있지만 아무래도 광고 용도로 쓰거나 네트워크 비즈니스를 하는 사람도 상당수 들어오거든요. 종교를 권유하는 사람도 있고요. 그래서 우리 중 몇 명이 '「X」 폴리스'라고 자칭하며 이상한 사람이다 싶으면 일부러 만나고 있어요. 그런 것에 관심 있는 척을 해서 이야기를 끄집어낸 후에 탈퇴시키고 있죠."

　「X」에서는 네트워크 비즈니스나 종교 권유 행위가 명백하게 금지되어 있다. 권유 행위가 발각될 경우 그 계정은 이용이 정지된다.

　"그래서 저도 프리랜서로 보험 파는 일을 하지만 딱히 상대가 부탁하지 않는 이상, 「X」에서 만난 사람한테 보험 상품을 추천하지는 않아요."

　그러고 나서 이다 씨는 만약 시간이 맞으면 만나봐도 좋다면서 몇 명인가를 추천해주었다.

　지금까지 「X」에서 누군가를 만나는 것은 무수한 사람 중 한 명과 일대일 승부를 벌이는 것이라 생각했다. 하지만 이다 씨가 말한 것처럼 「X」 전체가 하나의 마을 같은 공동체일 수도 있다. 참가자들이 서로를 알게 되고 관계와 신뢰가 깊어지는 구조가 재미있었다. 그리고 그것을 소중하게 여기며 지키고자 애쓰는 사람이 있는 공동체라면 분명 좋은 공간임이 틀림없다고 생각했다.

"막 서비스가 시작되었을 무렵에는 특이한 사람이 많아서 정말 재미있었어요! 최근에는 평범한 사람도 늘어나서 조금 둥글둥글해졌다고 할까, 미적지근해졌다고 할까. 그래서 나나코 씨 같은 사람이 등장한 게 순수하게 기뻤어요. 많이 기대하고 있습니다!"

마치 고등학교 3학년 선배가 '올해 1학년은 어른스럽다'라고 말하는 말투였다. 그렇다면 나는 '2학년 유망주' 정도로 인정받았다고 보면 될까?

'책을 추천한다'는 콘셉트를 처음 떠올렸을 때는 엄청 인기를 끌 거라 생각했다. 하지만 초반에 만난 사람들의 반응이 그렇지도 않아서 '역시 책 따위 아무도 읽지 않고, 인기도 없구나……'라며 자신감을 잃어가던 참이었다. 그런데 이렇게 내 콘셉트를 이해하고 격려해주는 사람이 나타났으니 이런 사람을 더 많이 만날 수 있다면 힘을 내보자는 의욕이 생겨났다.

이다 씨와는 그 후 교토에 관한 이야기로 달아올랐다. 나 역시 교토를 아주 좋아하는 데다가 이십 대 후반엔 일 년 반 정도 전근해서 살기도 했다. 그때는 '한정된 시간밖에 있을 수 없으니까'라는 생각에 가이드북을 들고 이곳저곳 열심히 돌아다녔다. 최근에 이다 씨도 교토에 매료되어 주말마다, 혹은 당일치기로 여행을 다녀온다고 했다. 신사나 사원보다는 거리 자체와 문화에 매력을 느낀다는 것도 공통점이었다.

"이다 씨, 그럼 《Meets》라는 잡지를 아시나요?"

"물론이죠! 좋아해요! 간사이 지방의 타운지죠. 그 지역 특유의 깊이 있는 정보가 실려서 좋아요."

"맞아요. 그 잡지의 교토 가이드북도 다른 보통 가이드북과는 전혀 달라서 정말 멋져요. 그런데 전에는 더 멋졌어요. 그 잡지를 만든 건 고 히로키江弘毅라는 사람인데요. 그분이 처음 《Meets》를 만들었던 시절에 관해 쓴 책도 최고예요. 일반적인 타운지나 가이드북과는 전혀 다른 방법론이 담겨 있고 마을 주민의 목소리를 종이에 옮겨 싣는 과정이 쓰여 있어요. 그리고 고 씨의 매력이 이다 씨의 매력과 비슷한 것 같아요. 이다 씨가 꼭 읽어보셨으면 해요."

"아, 뭔가 기쁘기도 하고 재미있어 보이네요. 책 제목이 뭔가요? 꼭 읽어볼게요."

"『Meets로 가는 길 '마을 잡지'의 시대ミーツへの道「街的雑誌」の時代』라는 책이에요."

고 히로키의 책은《Meets》의 열광적인 팬인 내게는 매우 소중한 한 권이지만 지금껏 이 책을 추천하고 싶은 상대는 없었다. 그래서 이 책을 소개할 수 있는 이다 씨를 만난 게 행복했다. 즐거운 대화를 나누면서 '이 사람이 그 책을 꼭 읽었으면 좋겠어!'라는 생각이 자연스럽게 떠오르고 그것을 기분 좋게 소개할 수 있다니!

'그래, 맞아. 이게 바로 내가 좋아하는 일이야!'

제2장

빌리지 뱅가드,
만 권이 넘는 기억 데이터의 시작

★

　　내가 빌리지 뱅가드에 입사한 것은 벌써 십 년도 전의 일이다. 처음 그곳을 알게 된 것은 그보다도 오 년 전, 대학에 갓 들어갔을 무렵이었다.

　　친구가 재미있는 가게가 있다며 시모키타자와의 빌리지 뱅가드로 나를 데려갔다. 넓은 가게는 잡다한 책, 만화, CD, 잡화로 가득 차 있었다. 천장에는 온갖 상품이 대롱대롱 매달려 있고 통로는 좁고 어두워서 마치 정글이나 귀신의 집 같았다. 잡화도 기괴하거나 독특한 것 투성이고 햇빛을 막기 위해 창에 붙어 있는 천도 해골이나 마리화나 같은 사이키델릭한 무늬뿐이었다. 그 사이사이에는 밥 말리나

영화 〈트레인스포팅Trainspotting〉의 포스터가 덕지덕지 붙어 있었다.

노란색 종이에 검은 매직으로 갈겨 쓴 POP 광고가 벽, 바닥 등 공간이라는 공간에 죄 붙어 있었다. 물론 상품에 관한 코멘트가 쓰여 있었지만 팔고 싶은 마음은 전혀 담기지 않은 듯한, 읽으면 웃음이 빵 터지는 내용이 대부분이었다. 그런 카오스 같은 공간에 있으니 절로 흥분되었다.

부모님과도 사이가 좋지 않았고 학교에도 잘 적응하지 못했던 나는 친구 몇 명을 제외하면 마음을 기댈 수 있는 대상이 책과 하위문화뿐이었다. 중학교 시절, 오카자키 교코岡崎京子의 만화나 시부야계 음악을 만난 후 하위문화에 빠져버린 나에게 빌리지 뱅가드는 좋아하는 것이 모두 모여 있는 감동적이고 놀라움 가득한 장소였다.

사랑하는 오카자키 교코의 만화책 옆에는 전부터 궁금해하던 나나난 기리코魚喃キリコ나 미나미 큐타南Q太, 야마다 나이토やまだないと의 작품이 갖춰져 있었고 남성용 만화는 물론, 마쓰모토 다이요松本大洋와 이노우에 산타井上三太, 오토모 가쓰히로大友克洋의 책도 있었다. 소설 코너도 좋아하는 작가의 작품뿐 아니라 지금까지 한 번도 본 적 없는, 흥미로워 보이는 책들로 가득했다. 그때까지는 책이라고 하면 소설

과 문고만 떠올릴 정도로 건축이나 예술에 관해서는 문외한이었는데 그곳에는 온갖 장르의 책이 같은 방식으로 진열되어 있었다.

'빌리지 뱅가드에 있는 모든 것을 알고 싶다!'

그 후 시간이 날 때마다 무언가에 중독된 사람처럼 가게를 찾았고 졸업 후에는 아예 시모키타자와에 살기 시작했다. 시모키타자와에 있는 빌리지 뱅가드에 매일 갈 수 있다니, 생각만 해도 웃음이 멈추지 않았다. 당시엔 술집에서 아르바이트를 하고 있어 먹고사는 데 어려움이 없었다. 제대로 된 취직자리도 찾기 어려웠기에 '우선 서른이 될 때까지 놀자'고 마음먹은 상태였다. 나는 시모키타자와에 살면서 청춘을 즐기는 여타의 젊은이처럼 하루하루를 만끽하고 있었다.

그러던 어느 날, 가게 입구에 붙어 있는 종이가 눈에 들어왔다.

★ NEW OPEN! 롯폰기 힐즈점 스태프 대모집 ★

'어차피 이런 식으로 계속 놀기만 할 거라면 차라리 빌리지 뱅가드에서 일해보는 것이 좋지 않을까.' 이것이 입사 계기가 되었다.

점장을 비롯해 동년배 직원 모두가 아침부터 밤까지 함께 보내는 하루하루가 즐거웠다. 학교나 집단생활에 적응하지 못하던 내가 날마다 아르바이트를 하러 가는 것이 즐거워서 참을 수 없다니, 스스로도 놀라웠다. 당시에는 금발, 문신, 피어싱도 자유였고 회사 전체에 '엉망진창인 인간은 그저 엉망진창인 채로 살아도 좋다'는 따뜻함이 있었다. 워낙 자기 개성으로 똘똘 뭉쳐 있는 직원이 많아서 '개성적'이라는 말이 별 감흥을 주지 않는 분위기였다. 하지만 그런 부분이 도리어 내게는 마음 편히 다가왔다.

입사 초기에는 일하러 간다기보다는 놀러 가는 기분이었다. 동료 아르바이트 직원과 함께 계산대에 서 있는 것만으로도 즐거웠다. 하지만 시간이 지나면서 제대로 '일'을 해보고 싶다는 마음이 커져갔다. 개점한 지 얼마 안 된 곳이라 입사 동기가 많았기에 경쟁심도 일었다. POP 광고는 누구든 자유롭게 쓸 수 있었다. 내가 쓴 광고 문구로 상품이 잘 팔리면 기뻤고 '다음에는 조금 더 잘 써보자'는 동기부여도 되었다. 현장에 모든 재량권이 있었다. 심지어 입사 삼 개월차인 아르바이트 직원도 상품 발주를 담당했다. 그곳은 직접 물건을 고르고 파는 재미로 가득 차 있었다.

한편 빌리지 뱅가드에서 일하기 전에 흥미로 시작했던 술집 아르바이트도 즐겁기는 마찬가지였다. 그곳도 하위문화의 느낌이 강한 가게였다. 내부는 고스Goth풍으로 꾸며져 있었고 SM 취향의 손님이나 여장 남자도 자주 찾아왔다. 나는 여러 명을 상대로 분위기를 띄우는 데는 어려움을 겪었지만 홀로 가게를 찾은, 다소 어두운 분위기의 손님과는 큰 스트레스 없이 느긋하게 대화할 수 있었다.

'가게를 찾아온 손님을 위해 무엇을 할 수 있을까' 고민하면서 난생처음 일의 보람도 느꼈다. 지명을 받거나 단골손님이 늘어나는 등 노력이 눈에 보이는 결과로 이어질 때는 존재를 인정받는 것 같아 기뻤다.

그러나 결국 하나의 길만 선택해야 하는 시점이 왔고 나는 빌리지 뱅가드를 선택했다. 그때까지는 여자가 점장을 한 적이 없었기 때문에 '최초의 여성 점장 되기'가 나의 새로운 목표가 된 것이다.

점장이 되고 난 후 내 마음대로 가게를 꾸미는 일, 매출을 내는 일 모두 즐거웠지만 언제부턴가 내 관심은 잡화보다 책으로 기울고 있었다. 입사 당시에는 '하위문화 느낌이좋아', '이런 분위기가 좋아' 하는 생각뿐이었지만, 점장으로 일하면서 '이 책에 이런 POP 광고를 달면 손님의 발길을 붙잡을 수 있지 않을까?' 하는 즐거움을 연이어 발견하게 되었다. '이 책은 꼭 팔고 싶어. 내용을 알릴 수만 있다면 분명히 많이 팔릴 거야.' 그렇게 생각한 책을 산더미처럼 쌓아두고 나만의 언어로 팔아내는 일은 각별한 기쁨을 주었다.

그러한 판매 방식은 문예文藝에 한정하지 않았다. 얼핏 보면 달리 쓸 말이 없어 보이는 사진집이나 요리책에도 응용할 수 있었다. '어떤 말을 써야 이 책의 매력을 제대로 끌어낼 수 있을까?' 그런 고민을 하며 책과 마주하노라면 하나도 특별할 것 없어 보이던 책에도 새로운 매력을 발견할 수 있었다.

회사 내에서도 이러한 판매 방식, POP 광고를 쓰는 방식을 높게 평가해주는 사람이 나타나 칭찬도 받았다. 줄곧 최종 목표라고 공언했던 시모키타자와점 서적 담당을 맡기도 했고, 새로운 업종 설립과 새 점포의 책장 배열을 담당하기도 했다.

하지만 빌리지 뱅가드가 교외에 위치한 쇼핑몰에 대규모로 출점하게 되면서 회사의 경향이 바뀌기 시작했다. 책보다 잡화의 비중이 높아진 것이다. 잡화가 더 팔기 쉽고 이익률도 높다. 예전에는 생활에 그다지 도움이 되지 않는, 무엇에 쓰는지조차 알 수 없는 잡화가 많았지만 언제부턴가 최신 유행 캐릭터 상품을 들여놓지 않으면 가게의 매출을 유지할 수 없게 되었다.

　점포 수준이 낮아지는 것을 우려하는 사원도 많았고 나도 변해가는 빌리지 뱅가드에 위기감을 느꼈다. 직접 사장님을 뵙고 "책 매대를 축소하는 지금의 방식으로는 회사 고유의 매력을 어필할 수 없습니다"라고 읍소도 해보았다. 출판사, 배본사와 협력 체제를 만들거나 뜻이 맞는 동료들과 독자적 페어를 열기도 했다. 그렇게 온갖 방향으로 애써봤지만 흐름은 바뀌지 않았다. 보수파인 베테랑 사원 대다수와 함께 나도 회사 내에서 자리를 잃어갔다. 반짝반짝하던 옛 선배들도 어느새 대부분 퇴직한 상태였다.

　그렇다 해도 여전히 빌리지 뱅가드는 내게 일의 즐거움과 책 파는 즐거움을 가르쳐준 곳이다. 빌리지 뱅가드를 향한 내 사랑이 끝나리라고는 생각지 못했다. 어쩌면 인생의 대부분을 빌리지 뱅가드에 바쳤기에 이제 와서 되돌아가는 방법을 잊어버린 것인지도 모른다.

☆

그런 빌리지 뱅가드에 입사한 지 얼마 안 되어 만난 사람이 요시다 씨였다. 그는 지점의 점장이었고 나는 아르바이트 직원이었다. 요시다 씨와 처음으로 책에 관해 이야기를 나눈 것은 롯폰기 힐즈점의 휴게실에서였다.

"이 사람 알아? 엄청 재미있어."

그가 가방에서 꺼내 보여준 책은 나온 지 얼마 안 된 호무라 히로시穂村弘의 에세이 『이제 집으로 돌아갑시다もうおうちへかえりましょう』였다. 처음 들어본 작가였지만 요시다 씨가 그렇게까지 말한다면 특별한 책일 거라 생각했다. 실제로 읽어보니 너무 재미있어서 단숨에 빠져들고 말았다. 이를 요시다 씨에게 말하니 그 역시 무척 기뻐서 그 후로 우리는 개인적으로 책에 관해 이야기를 나누는 사이가 되었다.

롯폰기 힐즈점은 고작 일 년 만에 문을 닫았다. 정사원과 회사에 남고 싶은 아르바이트 직원은 전국으로 뿔뿔이 흩어졌다. 그래도 요시다 씨와는 가끔씩 연락을 주고받았다.

"하나다 씨, 하치카이 미미蜂飼耳라고 읽어봤어?"

"요시다 씨, 요시타케 신스케ヨシタケシンスケ의 새로운 스케치집이 나왔어요!"

"마에다 시로前田司郎, 처음 읽어봤는데 재미있었어."

"연극에 관한 책인데 와쿠사카 소헤이ワクサカソウヘイ의 중학생 어쩌고『중학생은 커피 우유로 기분이 고조된다 中学生はコーヒー牛乳でテンション上がる』도 재미있어요."

이런 식으로 갑자기 떠오를 때마다 책을 추천하는 메시지를 주고받았다. 그렇게 상사와 부하가 아닌 친구 같은 사이가 되어갔다.

요시다 씨는 미남에다가 일을 할 때는 시원시원한 성격에, 두뇌 회전도 빨랐고 늘 차분했다. 주변 사람에게 신뢰도 두터웠고 나 역시 그를 존경했다. 다만 어딘가 나사가 빠진 부분이 있어 때때로 놀랄 때가 많았다.

이를테면 계단이나 장애물이 없는 곳에서 곧잘 혼자 넘어지곤 했다. 보통 사람이라면 부끄러워하거나 겸연쩍은 표정을 지을 텐데 그는 아무 일도 없었다는 듯 무표정한 표정으로 걸어나갔다.

"어라? 지금 넘어지지 않았어요?"

옆에서 지켜보던 내가 놀라 물으면 그는 표정 하나 변하지 않고 "아니, 안 넘어졌는데"라고 주장했다.

회식을 할 때면 요시다 씨는 조용히 술을 마시는 편이었는데 그 옆에서 한 사원이 모두를 웃기는 말을 한 적이 있다. 분위기가 달아오르고 모두가 그 사원을 주목하는 가운데 요시다 씨가 아무에게도 들리지 않을 만큼 작은 목소리로 그 말을 흉내 낸 적이 있다.

모두가 일 잘하는 요시다 씨의 쿨한 이미지만 생각하고 이러한 엉뚱한 면은 눈치채지 못했다. 오직 나만이 '호무라 히로시' 같은 요시다 씨의 재미있는 모습에 주목하고 있었다.

점장과 아르바이트 직원으로 만나서 알고 지낸 지 십 년이 된 지금, 요시다 씨는 간토 지방의 매니저로서 지점들을 돌며 시찰하는 역할을 맡고 있다.

어느 날 우리 매장을 방문한 그는 일 때문에 피폐해진 나를 단번에 간파한 듯 보였다. 가게의 매출이 늘어난 것을 확인한 후 잘 팔리는 캐릭터 상품이 입구 매대에 대량으로 배치된 것을 보고는 "잘 견디고 있군" 하며 쓴웃음을 지은 것이다. 그리고 돌아가는 길에 "다음에 올 때는 뭔가 추천하는 책 좀 준비해줘"라고 말했다.

그때 나는 일이 하나도 즐겁지 않았다. 책 파는 일을 소홀히 여기는 회사에 불만을 품고 있었다. 매일 잡화를 파는 일에 쫓겨 책장에는 손도 대지 못했다. 누군가 당장 물어온대도 어떤 책을 소개하면 좋을지 하나도 떠오르지 않았다.

마음이 피폐해질 대로 피폐해진 상태였다. 요시다 씨는 그 점을 지적하기 위해 에둘러 말하며 내 마음에 불을 지핀 것은 아닐까.

과거 요시다 씨는 먼 지역으로 전근 갈 운명이었던 나를 요코하마로 옮겨준 적이 있다. 일을 하다가 저지른 이런 저런 실수도 뒤처리해주었다. 그렇게까지 신경 써주었는데 부끄러웠다.

요시다 씨가 다음에 올 때는 "이렇게까지 하지 않아도 돼!"라고 딴죽을 걸 만큼 과하게 준비해두자. ……하지만 역시 한 달 안에 책 매대를 완전히 뒤엎기는 쉽지 않다. 어떻게 하면 좋을까?

그래, 매장과는 관계없지만 요시다 씨에게 추천하는 책을 상자 가득 준비해보는 것은 어떨까. 그러고 보니 최근에는 책에 관해 대화를 나눈 적이 없었다.

그렇게 결심한 후 십 년간의 관계를 모두 되짚어보았다. 요시다 씨가 주로 읽었던 책, 좋아하는 작가, 성격, 발언, 나눈 대화 등을 생각나는 대로 전부 메모한 후 책을 고르기로 했다.

그러고 보니 최근 읽었던 책 중에 '이건 분명 요시다 씨가 좋아할 거야'라고 생각한 책이 있었다. 히라노 게이치로

平野啓一郎의 『나란 무엇인가』이다. 요시다 씨와는 이렇게 자의식을 다룬 책에 관해 자주 이야기꽃을 피웠다.

'요시다 씨, 모토 히데야스本秀康의 『와일드 마운틴ワイルドマウンテン』은 읽었을까? 완결되기까지 시간이 오래 걸려서 나 역시 최근에서야 마지막 편을 읽었다. 이 만화는 꼭 끝까지 읽어야만 하는 책이다. 아직 읽지 않았다면 알려줘야지. 혹시 기노시타 신야木下晋也의 『포텐 생활ポテン生活』은 알고 있으려나? 이것도 분명 요시다 씨가 좋아할 거야. 나가시마 유長嶋有 같은 작가는 이미 알고 있겠지. 완전히 다른 종류의 책이긴 하지만 최근 가게에 왔을 때 쇼핑몰의 미래에 관해 이야기를 나눴으니까 하야미즈 겐로速水健朗의 『도시와 소비와 디즈니의 꿈都市と消費とディズニーの夢』은 벌써 읽었으려나? 나는 꽤 재미있게 봤는데……'

처음에는 소개할 책이 무궁무진할 것 같았는데 열 권 정도 생각하자 더는 떠오르지 않았다. 열 권으로는 부족하다. 무리를 해서라도 스무 권 정도 더 늘리자. 메모를 바탕으로 큰 서점까지 나가서 소개할 만한 책을 찾아보았다.

그렇게 고른 책은 '요시다 씨는 ○○니까 이 책이 좋을 것 같습니다', '요시다 씨가 저번에 ○○○○라고 했기에 이 책을 추천합니다'라고 이유를 달아 소개하기로 했다. 결전의 날이 다가올수록 상자에 책도 점점 쌓여갔다. 그리고 마침내 요시다 씨가 방문한다는 연락을 받았을 때는 상자 안에 책이 서른 권이나 쌓여 있었다. 책을 한 권 한 권 확인하면서 프레젠테이션의 흐름과 발표문을 생각한 후 몇 번이고 순번을 바꿔가며 상자에서 꺼냈다가 넣기를 반복했다.

☆

불량인 잡화 재고가 산더미처럼 쌓인 창고 안.

나는 요시다 씨의 맞은편에 앉아 맨 위에 놓인 책을 꺼내 들고는 "가장 먼저 요시다 씨에게 추천하는 책은 이겁니다!" 하고 발표를 시작했다. 처음에는 놀이처럼 시작했지만 어쩐지 무척 긴장하고 말았다. 나도 모르는 사이에 진심이 담긴 것이리라.

책이나 잡화를 영업하기 위해 가게에 찾아오는 사람을 수백 번 상대해왔다. 하지만 내가 직접 선택한 상품을 상대의 눈앞에서 영업하는 것이 이렇게나 긴장되는 일일 줄이야. 요시다 씨는 "흠흠, 그렇군" 같은 맞장구를 치면서 내가 소개를 마치고 건넨 책을 왼쪽, 오른쪽으로 분류해갔다.

"어, 그거. 어느 쪽이 합격인 건가요?"

"뭐, 나중에 이야기할게. 계속해봐."

상대의 시선, 약간의 움직임, 사소한 동작이 굉장히 신경 쓰였다. 흥미를 느끼는 걸까? 아니면 지루해서 흘려 넘기고 있는 걸까?

요시다 씨의 표정을 통해 그 마음을 읽어보려 했지만 쉽지 않았다. 서른 권이나 되니까 너무 길게 소개하면 상대도 질려버릴 것이다. 간략하게 요약해서 소개하기도 하고 그다지 흥미롭지 않은 책은 소개 도중 반응을 살피며 "이건 소개하려고 했지만 생각해보니 별로네요. 패스할게요" 하고 넘기기도 했다. 그렇게 그럭저럭 전부 소개를 마쳤다. 말을 너무 많이 하기도 했고 무척이나 긴장했기에 마지막에는 완전히 지치고 말았다.

요시다 씨는 좌우로 나눠둔 책을 또다시 나누기도 하고 바꾸기도 했다.

"그럼 이걸 살게."

책 일곱 권을 내밀며 그가 말했다. 진짜 그 책이 마음에 든 건 아닐지도 모른다. 그저 상사로서의 정 때문에 사주려는 건지도 모른다. 하지만 그런 그의 마음이 기뻐서 눈물이 날 것만 같았다. 일곱 권의 책을 받아 들었다.

지금껏 이렇게 진지하게 고민하며 책을 소개한 적은 없었다. 상대가 어떤 것을 좋아하는지 생각하지 않아도, 구체적인 이유가 없어도 책은 소개할 수 있다. '그냥 내가 읽어보니 재미있어서'라는 것은 단순하지만 가장 강력한 추천 문구다. 잡지나 신문에서 책을 소개하는 것, 조금 더 나아가 가게에서 책을 나열해서 파는 것도 상대를 딱히 한정하지 않고 책을 추천하는 것이라 할 수 있다.

하지만 그런 게 아니라…….

그 사람이 어떤 사람인지 모르면 책을 추천할 수 없고, 책에 관해서도 제대로 알지 못하면 추천할 수 없다. 나아가 '이 책은 이런 책이니 당신이 읽어주었으면 한다'는 명확한 이유가 없으면 책을 추천할 수 없는 것이 아닐까.

내가 처음으로 체험하고 나서야 알게 된 것은 무엇이었을까? 나도 잘 모르겠다. 그저 요시다 씨를 끝까지 파고들며 어떤 책을 추천할지 고민하는 과정이 무척 재미있었다. 과연 요시다 씨는 무엇을 받아들였을까? 기뻤을까?

흥분의 여운이 계속해서 머릿속을 떠나지 않았다. 이 재미의 정체는 무엇일까.

☆

　「X」를 알게 된 후 이곳을 어떻게 사용하면 좋을지 고민할 때 요시다 씨에게 책을 추천했던 일이 떠올랐다. 또 한 번 그런 식으로 책을 추천하고 싶어졌다. 물론 모르는 사람에게 책을 추천하는 것은 훨씬 더 어려우리라. 그래도 그때의 기억이 모르는 사람을 상대로 몸을 움직이게 해주는 힘이 되었다.

제3장

인생이 다시
움직이기 시작하는 시간

★

위태롭게 시작했지만 조금씩 두 발로 설 수 있게 된 나의 여행. 나는 처음 본 경치에 눈길을 빼앗긴 아이처럼 그 여행에 푹 빠져버렸다. 책을 추천하는 보람은 기대만큼 크지 않았지만, 한 사람을 위해 고민해서 책을 고르고 메시지를 보내는 일은 즐거운 작업이었다.

다카시마 씨를 만나기 전까지는 말이다.

다카시마 씨는 당시에 유행하던 '노마드'라는 단어(이 말도 지금은 꽤 낡은 느낌이지만) 그 자체였다. 전국을 여행하며 스타벅스나 맥도날드에 앉아서 노트북으로 IT 관련 일을 하는 사람이었다. 그런 사람을 실제로 만나 대화를 나누기는 처음이어서 나도 모르게 이런저런 질문을 던졌다. 대화가 끊기지 않고 이어졌다. 노마드 생활을 하는 다카하시 씨의 관심 분야는 역시 '미래에 일하는 법', '새로운 시대, 새로운 삶의 방식'으로 보였다.

나는 집에 돌아와서 곧장 생각나는 책을 몇 권 추려 메시지를 보냈다. 새로운 업무 방식에 관해 바이블이라고 할 수 있는 레이먼드 먼고Raymond Mungo의 『취직하지 않고 살아가는 법就職しないで生きるには』이나 니시무라 요시아키西村佳哲의 『나의 일을 만든다自分の仕事をつくる』, 그리고 당시에 무척 주목받았던 사카구치 교헤坂口恭平의 『나만의 독립국가 만들기』, 이케다 하야토イケダハヤト의 『연봉 150만 엔으로 우리는 자유롭게 살아간다年収150万円で僕らは自由に生きていく』, 후루이치 노리토시古市憲寿의 『절망의 나라의 행복한 젊은이들』.

하나같이 내가 재미있게 읽고 감명받은 작품들로, 다카시마 씨에게도 분명 도움이 되리라 생각했다. 하지만 다카시마 씨에게 온 답변은 단 한 줄뿐이었다.

"이런 책은 이미 다 압니다."

들떠 있던 마음에 찬물을 끼얹은 것 같았다. 눈이 번쩍 뜨였다.

생각해보면 당연했다. 그는 이른바 '노마드' 전문가인 것이다. 노마드에 관해 풍문으로만 주워들은 내가 애초에 상대가 놀랄 만한 책을 추천할 수 있을 리 없다. 관련 책을 많이 읽었다면 처음부터 그렇게 말해주면 좋았을 텐데…….. 약간은 분한 마음도 들었지만 제대로 물어보지 않은 내 탓이 더 크다.

'책에 관해 더 많은 이야기를 나누며 그 사람을 탐색했으면 좋았을 텐데' 하고 반성했다. 이런 구체적인 사회론이나 일의 방식에 관한 책보다 조금 더 추상적인 주제를 내포하면서도 다카시마 씨에게 어울릴 것 같은, 보편성 있는 모험소설이 좋을지도 모른다.

그래서 이번에는 존 크라카우어Jon Krakauer의 『인투 더 와일드』와 리처드 바크Richard Bach의 『환상』 두 권을 추가로 추천했다. 그런데 "역시 다 아는 책입니다"라는 답변이 날아왔다. 절망적인 기분이 들었다. 무슨 책을 추천하더라도 같은 답이 돌아오는 것은 아닐까…….

생각하고 또 생각한 끝에 다음 한 수를 두었다.

제임스 클라벨James Clavell의 『23분간의 기적』이라는 책이었다. 독재국가를 비판하는 우화로, 얼어붙은 분위기로 가득한 초등학교의 어느 교실에 갑자기 새로운 교사가 찾아온다. 그는 단 23분간의 조례 시간 동안 모든 것을 바꿔버린다. 처음에는 의심의 눈초리로 지켜보던 아이들도 기뻐하면서 오래된 교과서를 찢어버리고 새로운 제복을 착용한다. 국가와 이데올로기를 추상적으로 다루며 문제를 제기하지만, 단순히 이야기로도 독특한 이질감이 느껴지는 매력적인 책이었다. 다카시마 씨를 만났을 때 정치에 관한 대화는 거의 하지 않았지만 어쩐지 그의 삐딱한 성격에 잘 맞을 것 같았다. 무엇보다 '설마 이 책은 모르겠지?' 하는 동아줄을 붙잡는 마음도 있었다.

'이런저런 책인데 당신의 취향에 맞지 않을까 하는 생각이 들어서요⋯⋯'라고 메시지를 보내자 곧바로 "이건 재미있어 보이네요. 처음 들어본 책입니다. 당장 읽어보고 싶네요"라는 답변이 왔다. 드디어 OK(?)가 나왔다. 당연한 이야기지만 그는 일부러 심술을 부리느라 지적한 것이 아니었다. 실제로 자신이 모르는 책을 소개해주기를 바랐을 뿐이다. 이 책이 과연 정답이 되었을지는 잘 모르겠다. 다만 다카시마 씨는 지금까지 만난 사람 중에 가장 진지한 태도로 책을 소개받고 싶어 한 사람이었다.

이 일을 계기로 나 또한 책을 소개한다는 것에 관해 조금 더 진지하게 임하게 되었다. 가령 무라카미 하루키의 열광적인 팬에게 무라카미 하루키의 신간을 추천하는 것은 아무 의미도 없다.

상대를 만족시킬 수 있는 기본 원칙이나 사고법 등이 책을 추천할 때도 있을 터였다. 나는 다음과 같이 언제든 볼 수 있도록 휴대전화에 메모를 해두었다.

《책을 추천할 때의 주의점》

· 특정 장르를 자세히 알고 있는 사람에게 그 장르에서 유명한 책이나 화제의 책을 추천하는 일은 피한다.

· 책을 별로 안 읽는 사람에게는 유명한 책이나 명작을 소개해도 좋다.

· 책을 자주 읽는 사람에게는 명작이나 베스트셀러의 추천을 피하자. 마이너한 책이나 들어본 적도 없는 책, 그 사람이 평소에 읽는 책과 먼 장르일수록 좋다.

· 다만 이 경우에도 '왜 그 사람에게 그 책이 필요한가?'에 대한 이유는 필요하다.

· 어떤 장르가 좋은가에 대해서는 그 사람이 좋아하는 장르와 전혀 관련 없는 책이 좋을지, 아주 약간만 다른 책이 좋을지 그 사람을 보고 종합적으로 판단한다.

• 성별, 나이, 직종, 취미 등 여러 가지 스펙을 고려해 책을 떠올리기보다는 그 사람의 전체적인 분위기를 파악한 후 고르는 편이 성공 확률이 높다.

우선 지금은 이 정도면 될까. 나중에 떠오르는 것이 있으면 그때그때 덧붙이면 되겠지.

☆

또 다른 어느 날 저녁의 일이다.

처음으로 여성을 만나기로 했다. 지금까지 이성과 만나면서 크게 불안감을 느낀 것은 아니지만, 막상 여성과 약속을 잡고 나니 무척이나 마음이 편했다.

대학을 졸업하고 취직한 지 얼마 안 되었다는 사야카는 인형같이 귀여운 외모에 쾌활하고 싹싹한 성격을 겸비한 멋진 여성이었다.

"이렇게 귀여우니까 「X」를 하다 보면 들러붙는 남자가 많아서 곤란하지 않아?"

사야카는 꽤 오래전부터 만남 사이트를 이용하고 있다기에 나도 모르게 물어보았다.

"그런 식의 만남을 목적으로 하는 사람, 그저 젊은 여자를 만나고 싶어 하는 사람은 딱 보면 알아요."

그녀는 휴대전화의 화면을 보여주며 말했다.

"우선 그런 부류일지도 모르겠다 싶은 사람의 프로필을 보세요. 그리고 그 사람이 만나고 싶다고 등록한 사람들을 살피는 거예요. 그러면 예뻐 보이는 얼굴 사진으로 토크를 등록한 여자만 주르륵 나오잖아요? 이걸로 검증 완료! 후훗."

시험 삼아 내가 제일 처음 만난 두 명의 프로필을 확인해보았다. 그랬더니 과연 그녀의 말대로여서, 두 명이 만나고 싶어 한 리스트에는 예쁘장한 여자들의 사진이 줄줄이 나열되어 있었다.

"그리고 그런 목적을 가진 사람들은 사이트에 들어온 지 얼마 안 된 사람들을 노리거든요. 나나코 씨가 만난 그 두 명도 아마 그런 사람일 거예요."

훌륭하리만치 완벽한 검증에 감동하고 말았다. 사야카는 자신이 지금까지 만난 사람들의 리스트를 표시해서 "이 사람은 별로, 이 사람도 별로, 이 사람은 좋은 사람, 아, 그리고 다른 사람에게 들었는데 이 사람이랑 이 사람은 별로라고 해요" 하며 친절히 알려주었다.

이다 씨와 만났을 때도 느낀 점이지만 「X」에서 누군가를 만나는 것은 일견 자유로운 활동처럼 보여도 실제로는 신용 사회의 축소판과 같다. 이것이 이성과의 만남에만 특화되지 않은 「X」만의 특별함일지도 모른다.

"뭐, 그런 쪽의 목적을 가진 사람이라도 재미있기만 하면 아무 상관 없지만, 애석하게도 그런 사람일수록 대화가 재미없지 않아요?"

사야카의 말에는 깊이 공감했다. 그 후 사야카와는 세련된 분위기의 카페와 어울리지 않게 바보 같은 연애담을 늘어놓으며 품위 없이 깔깔 웃고 이야기를 나누었다.

"나는 뚱뚱한 사람이 노래를 잘하면 나도 모르게 좋아하게 돼."

"에? 무슨 취향이 그래요? 말도 안 돼요."

"나도 몰라……. 사람들이 잔뜩 모여서 같이 노래방에 갔는데 그 사람이 DA PUMP를 불렀거든. 나는 딱히 DA PUMP를 좋아하지도 않고 진짜 촌스럽다고 생각했는데, 그 사람이 노래를 너무 섹시하게 부르는 거야. 어쩌다 보니 그날 그 사람네 집까지 따라가게 됐어. 그런데 다음 날, '어라? 내가 왜 여기에 있지? 설마 DA PUMP 때문에?' 했지."

"헐!! 정말 싫어요!! 나는 그냥 잘생긴 사람이 좋아요. 나한테는 그 최상급이 외국인인데요. 일본 미남과 마찬가지로, 아니 외국 미남은 좀 더 속이 텅텅 비었거든요! 정조 관념도 제로이고! 그런데 제가 영어를 잘 못하니까 속이 비어 있는 걸 깨닫기까지 시간이 걸려요. 그래서 오히려 오래 사귈 수 있는 것이 외국인의 장점이지만요!"

"하지만 그건 그냥 시간을 버리는 짓 아니야?"

"그래서 그런 경솔한 짓은 그만하려고 애도 써봤어요. 그런 짓을 할 것 같은 예감이 드는 날에는 촌스러운 리락쿠마 팬티를 입고 가서 동침을 막아보려고 했죠."

"리락쿠마? 애초에 그런 팬티를 왜 가지고 있는 건데?"

"친구가 태국에 가서 기념품으로 사다 줘서요……. 그런데 결국 그 팬티를 입어도 '호텔에서 샤워한 다음에 수건만 두르고 침대로 가면 되지 않을까?' 하는 생각이 들어서 아무런 효과도 없었어요! 뭔가 좋은 방법이 없을까요?"

이런 식으로 가게가 문을 닫을 때까지 줄기차게 떠들어댔다.

며칠 뒤 사야카에게 추천한 책은 아르테이시아ァルテイシァ의 『다 까발리는 걸즈 토크もろだしガールズトーク』였다.

페이지를 펼치면 야한 단어들이 굵은 글씨로 쓰여 있어

그 강렬한 충격에 나도 모르게 책을 덮고 마는 에세이다. 다른 사람 앞이나 전철 안에서는 절대 펼쳐볼 수 없지만 성에 관해 여성의 관점을 유쾌하게 풀어낸 책이라 추천했다. 그 밑바탕에는 강한 페미니즘도 깔려 있다. 여성이 남성의 지배나 사회의 편견에서 벗어나 자기 성을 긍정할 수 있기를 바라는 마음, 남성에게 의존하지 않고 주체적으로 행복하게 살 수 있기를 바라는 마음이 적혀 있다.

얼마쯤 지나서 사야카가 메시지를 보내왔다.

"추천해줘서 고마워요! 책 샀어요!! 그런데 이 책, 집에 있는 책장에 꽂아둘 수가 없네요~! 그래도 엄청 재미있고 공감 가는 내용으로 가득 차 있었어요. 앞으로 나도 강하게 살아가기로 했어요! 또 즐거운 모험 이야기가 쌓이면 만나서 이야기해요☆"

메시지를 읽는 것만으로도 그날 밤에 만난 사야카의 밝고 귀여운 모습이 전달되는 듯하여 기운이 났다.

이다 씨나 사야카처럼 마음이 맞고 재미있는 사람을 만날 수 있다는 것, 즐겁게 대화하고 좋은 시간을 보낸 후 실망스러운 메시지를 받는 일도 없다는 것, 소개하고 싶은 책을 대화 속에서 자연스럽게 찾아 추천할 수 있다는 것.

막연하고 어렵게만 느껴지던 이상理想이 조금씩이지만

손에 쥐어지기 시작했다. 「X」를 시작하기 전에 느끼던 불안이나 의심은 이미 사라진 지 오래였다.

☆

결국 이다 씨나 사야카와는 그 후로 다시 만나지 못했다. 하지만 「X」를 통해 만난 사람 중에는 지금까지 관계가 이어지는 친구도 있다.

엔도 씨는 영상 작가로 일하는, 나보다 세 살 어린 남자다.

"하라주쿠에 친구와 공동으로 사무실을 차렸는데 소파가 배달되어 오기로 해서요. 그것도 기다려야 하고 친구의 후배가 들락날락할 예정이라 정신없이 어수선할 것 같긴 한데, 괜찮으면 사무실로 오실래요? 커피 정도는 드릴 수 있어요"

그와 만나기로 한 시각은 오후 3시였다. 간식으로 좋지 않을까 싶어 고디바 아이스크림을 사 들고 갔다.

사무실이라고 해서 건조한 공간을 떠올렸는데 막상 가보니 의자와 테이블이 색색으로 다채로웠다. 벽에 붙어 있는 장식장에는 스누피 피규어가 줄줄이 놓여 있어서 의외로 귀여운 분위기가 감돌았다.

"안녕하세요! 여기 앉으세요!"

엔도 씨는 수줍게 미소를 띠며 자리를 권했다. 몸집이 자그마하고 소년 같은 용모에 사람 좋은 얼굴을 하고 있었다. 하라주쿠 느낌이 물씬 풍기는 화려한 스니커즈와 검푸른 안경이 신기할 정도로 잘 어울렸다.

「X」를 통해 누군가를 처음 만나는 순간은 언제나 긴장된다. 하지만 그 긴장감은 몇 분도 안 돼 순식간에 사라지고 어느새 '모르는 사람'이 '아는 사람'이 되어간다.

「X」를 시작하고 나서 내가 생각해도 신기한 일이 생겼다. 대화를 시작한 지 삼 분, 아니 단 일 분 만에 '이 사람과 마음이 맞을지, 즐겁게 대화할 수 있을지'를 어느 정도 파악할 수 있게 된 것이다. 엔도 씨의 경우에는 만난 지 일 분도 안 되어 친해질 수 있을 것 같은 기분이 들었다.

"이건 선물이에요."

"와, 고맙습니다! 하겐다즈 이상으로 고급스러운 느낌! 컵이 금색으로 빛나네요. 나나코 씨는 버터와 밀크, 어느 쪽을 좋아하세요?"

"저는 어느 쪽이든 상관없어요. 엔도 씨가 좋아하는 걸로 고르세요."

"와, 그래도 돼요? 그럼 밀크! 부끄럽지만 저 초딩 입맛이거든요. 히히."

'자신의 귀여운 면을 잘 아는 사람의 화법이구나'라고 생각했다. 그 말투가 솔직해서 호감이 갔다.

"사실 꼭 입맛이 아니어도 어린애이긴 하지만요. 일만 해도 샐러리맨 같은 건 하고 싶지 않고 즐거운 일을 안 하면 죽을 것 같아요. 물론 돈을 원하지만 그게 목적인 사람이 되고 싶지는 않거든요. 인생에 관해 그다지 진지하게 고민하지도 않고요. 저, 실은 뭔가를 진지하게 생각하지 못하는 사람이라서요."

"그렇게 보여요. 그래도 뭐 상관없지 않을까요? 엔도 씨와 함께 있으면 즐거울 것 같아요."

인사치레가 아니었다. 이미 그를 둘러싼 부드러운 분위기 덕분에 첫 대면이라고는 믿기지 않을 만큼 마음이 편안해졌다.

"아, 진짜요? 그런 말을 들으니 기쁘네요."

"엔도 씨는 본인을 좋아하죠?"

"아, 티 나요? 처음 만났는데 알아채다니……. 부끄럽네요. 나나코 씨는 이해해줄 것 같아서 하는 말인데 저는 저 자신을 무척 좋아하는 사람이에요. 물론 주변 사람 모두가 함께 행복해지면 좋겠어요. 제가 생각하는 것은 그뿐이에요."

"그게 최고 아닐까요? 모두가 그렇게 되고 싶어도 되지 않아 고민하고 괴로워하니까요."

"정말 그럴까요?"

"아, 아이스크림 먹어요! 녹겠어요."

"네! 잘 먹겠습니다!"

엔도 씨는 한가득 웃음을 머금은 채 작은 아이스크림 컵을 향해 양손을 모아 인사했다.

"잘 몰라서 그러는데 영상 작가는 무슨 일을 하나요?"

"그게……. ○○라는 TV 방송 아세요? 그 오프닝이 제가 작업한 것 중에 가장 유명한 영상이에요. 가끔은 젊고 잘 안 팔리는 가수의 뮤직비디오를 촬영하기도 하는데 메인은 기업의 프로모션 영상 같은 거예요. 평범한 영상이죠."

그렇게는 말했지만 그가 휴대전화로 보여준 유튜브 영상에는 '인디에서 활동하기는 해도 그럭저럭 유명한 사람인데!' 할 정도의 가수도 등장했다.

그런 후에는 「X」를 하는 이유, 십 대에 친구와 찍은 영화, 좋아하는 만화, 가본 적 있는 나라, 해외의 사막에서 열리는 '버닝 맨Burning Man'이라는 대규모 페스티벌 등으로 화제가 이어졌다. 이야기가 꼬리에 꼬리를 물었다.

"나나코 씨는 빌리지 뱅가드 점장이신 거죠? 대단해요!"

"아니, 하나도 안 대단해요."

"그 POP 같은 것, 재미있거든요! 저도 써보고 싶었어요! 특이한 물건도 들여다 놓고 싶고요!"

빌리지 뱅가드 이야기가 나오면 엔도 씨 같은 반응을 보이는 사람이 많았다. 나도 평소에는 이런 흐름을 살려서 빌리지 뱅가드에 관한 재미있는 일화를 말해주고 웃음을 이끌어내곤 했다.

예를 들어 회사 내에서는 뛰어난 외모와 좋은 학력이 플러스가 되지 않는다는 점(오히려 이상한 별명이 붙을 위험성이 있기에 유익하지 않다)과 직급이 가장 높은 사람은 '다모리 클럽タモリ倶楽部, 1982년부터 방송된 예능 방송'의 '소라미미아워空耳アワー, 외국 노래 가사의 발음이 일본어 발음처럼 들리는 것을 이용해 만든 개그 코너'에 몇 번이고 채용된 적이 있는 사람이거나, '여자 친구한테 살아 있는 생선으로 얻어맞았을 때가 인생에서 가장 흥분된 순간이었다'는 둥 이상한 성적 취향을 가진 사람이라는 점 등.

그리고 내가 점장이 되고 얼마 안 되었을 무렵의 에피소드도 빼놓을 수 없다. 저녁 시간대를 아르바이트생에게 맡기고 먼저 퇴근한 날이었다. 빠뜨린 것이 있어서 다시 가게로 돌아갔더니 스태프 전원이 계산대 앞에서 소프트아이스크림을 먹고 있었다. 너무 놀라 화를 내지도 못하는 와중에 그들도 콘으로 된 소프트아이스크림을 내려놓을 수 없어서 한 손에 들고 곧추선 자세로 마주 보고 있었다.

또 회사의 중역이 전체 회의 때 침통한 얼굴로 "올해 회사 전체에서 가장 잘 팔린 상품은…… '가슴 공'이었습니다"라고 선언한 일 등을 재미있게 말하곤 했다. 평소에는 말이다. 그날도 그런 이야기를 꺼낼까 생각했지만 왠지 꺼려졌다.

"전에는 회사가 참 즐거웠어요. 그래도 이제는 더 이상 즐겁지 않네요. 그래서 관두고 싶어요."

나도 모르게 이런 말이 나오고 말았다.

'갑자기 무슨 말을 하는 거야' 스스로도 놀랐다. 어쩐지 조금 화를 내는 듯한 말투였다. 부끄러워하는 나에 비해 엔도 씨는 전혀 개의치 않고 말했다.

"그렇군요! 그럼 다음에는 무슨 일을 할 거예요?"

마치 그것이 당연한 듯 말을 건넸다.

'아니, 지금 나는 엄청난 말을 하는 중이라고요. 그렇게 가벼운 느낌이 아니라니까. 빌리지 뱅가드는 내 인생의 전부인데 다른 사람이 고작 몇 년 일한 그저 그런 회사를 그만두고 싶다고 말하는 것과는 완전히 다르다고요.'

하지만 다른 사람이 볼 때는 대단치 않은 문제일 뿐인 걸까, 나는 어째서 이렇게까지 그곳에 매달려 있는 걸까, 하는 의문도 샘솟았다.

나도 그런 사람이 되고 싶었다. "그럼 다음에는 뭐를 해 볼까?" 가볍게 말할 수 있는 사람이.

엔도 씨의 가볍고 밝은 분위기. 그것은 사실 내 안에도 있었지만 어느새 사라지고 만 것이다. 그런데 엔도 씨 옆에 있으면 어쩐지 그것을 되찾을 수 있고, 좋아하는 나로 있을 수 있을 것 같은 기분이 들었다.

"엔도 씨는 좋은 사람처럼 보여요. 태생이 밝다고 해야 할까. 뭐랄까, 누군가를 질투하거나 험담하지 않을 것 같아요. 나도 그렇게 부정적인 사람은 아니지만 엔도 씨는 특별해 보여요. 나도 엔도 씨처럼 되고 싶네요."

"정말요? 그런 말을 해주니 기뻐요! 그런데 그렇지만도 않아요. 저도 페이스북 같은 곳에서 친구가 사업에 성공했다거나 집을 샀다고 하면 '아, 열 받아! 다음번에는 망해버려라!'라고 항상 생각하거든요."

싱글벙글거리며 상쾌하게 말을 뱉는 엔도 씨의 미소를 보면서 '아, 이 사람 정말 내 취향이구나' 하고 다시금 깨달았다.

두 시간가량 대화를 나누었을 무렵 소파처럼 보이는 커다란 화물이 도착했다. 뒤이어 다른 사람이 사무실에 들어와 옆방에서 일을 하기 시작했다.

갑자기 대화가 끊겼다. 대화가 완전히 끝난 분위기는 아니지만 너무 오랫동안 엔도 씨의 일을 방해하는 것은 아닐까 걱정이 되었다. 그래도 아직 더 대화를 나누고 싶다. 그때 엔도 씨가 말했다.

"그럼 이제 무슨 이야기를 할까요?"

그 말을 듣고 마음이 놓였다. 그리고 그 물음에 답하는 것이 무언가 알 수 없는 동의서에 서명하는 것 같은 기분이 들었다. 그래서 나는 다소 부자연스럽게 "아, 그러고 보니 아까 이야기한 만화 때문에 떠올랐는데……"라며 딱히 중요하지도 않은 화제를 꺼냈다.

엔도 씨가 옆에 있는 컴퓨터 화면을 보면서 말했다.

"앞으로 삼십 분 정도면 상대방이 업무 관련 데이터를 보내줄 건데요. 그것만 확인하고 오늘은 그만 퇴근하려는데 괜찮으면 같이 식사하실래요?"

"그래도 될까요?"

그 후 이미 어둑어둑해진 거리로 나왔다. 우리는 뒷골목에 있는, 연기로 가득 찬 고깃집에 들어섰다. 벌써 몇 시간이나 대화를 나눴는데도 아직 하고 싶은 말이 많았다. 식사를 마친 후엔 작은 빌딩 안에 있는 조그마한 바로 자리를 옮겨 막차가 끊기기 전까지 마셨다. 헤어질 때는 메신저 아이디를 교환하고 나서 역 개찰구에서 작별 인사를 나누었다.

"오늘 즐거웠어요. 다음에 또 봐요!"

"저야말로 재미있었어요. 또 연락할게요!"

웃는 얼굴로 헤어진 후 조금 빠른 걸음으로 에스컬레이터를 타고 내려갔다. 통로를 걷는데 손에 쥔 휴대전화가 진동으로 떨렸다.

"헤어지니까 바로 외로워졌어요. 혹시 아침까지 안 놀래요?"

화면을 채운 메시지를 잠시 바라본 후 나는 바로 몸을 돌려 상행 에스컬레이터에 올라탔다.

개찰구까지 돌아가자 마치 처음부터 다시 만나기로 약속한 사람처럼 전혀 부끄러워하는 기색도 없이 엔도 씨가 웃는 얼굴로 손을 흔들고 있었다.

그렇게 다시 만나긴 했지만, 우리 둘 다 '이런 상황에서는 암묵적인 룰에 따라 호텔로 간다'라고 생각하는 유형은 아니었던 모양이다.

"그럼 지금부터 뭐 할까요?"

"음, 그러게요. 아, 다트 던지러 안 갈래요? 벌써 몇 년째 안 하긴 했는데."

엔도 씨의 말에 따라 우선 다트를 던지러 간 후 영국식 주점에 가서 다시 술을 마셨다. 축구 시합을 중계하고 있어서 함께 보다가 모바일 게임을 하기도 하고 대화를 나누기도 했다. 그때쯤에는 서로에게 허물이 없어져서 한참 전부터 알고 지낸 친구처럼 느껴질 정도였다. 특별한 일을 하지 않으며 느긋하게 보내는 시간은 마치 영원히 이어지는 여름방학 같았다. 그리고 점차 졸음이 몰려오기 시작했다.

"나나코 씨!"

"아, 응."

"미안. 갑자기 너무 졸리네. 아침까지 놀자고 해놓고서 미안해. 첫차가 다닐 때까지 사무실에서 잠깐 눈 좀 붙이지 않을래?"

"어? 그럴까."

이건 무슨 의미일까? 그렇고 그런 쪽?

무슨 의도인지 상대방의 진의를 읽어보려 했지만 그런 쪽의 '뉘앙스'는 전혀 느껴지지 않았다.

아니, 애초에 나는 이 사람과 그런 관계가 되고 싶은 건가? 어느 쪽이지? 수십 분 후에는 결단을 내려야 하는 상황을 마주할지도 모른다.

그렇게 둘이 함께 사무실까지 걸어가는 내내 생각해봤지만 이 사람과 사귀고 싶은 건지 어쩌자는 건지 내 마음을 알 수 없었다. 다만 그런 관계를 맺어서 오히려 사이가 불편해져 멀어지게 될까 봐 불안했다.

그런 내 고민은 아는지 모르는지 엔도 씨는 사무실에 들어서자마자 "오오! 소파가 설치되어 있어! 야호!"라고 말하며 쿠션 위로 쓰러졌다. 소파에 누운 채 좀처럼 일어나지 않는 그를 보면서 '내가 지금 무언가 말해야 하는 타이밍인가? 어떡해야 하지?' 고민했다. "나도 옆에 누워서 자도 돼?"라고 말하기를 기다리는 걸까?

이렇게 고민하며 상황을 파악하려고 애쓰는데 갑자기 코를 고는 소리가 들려왔다.

맥이 빠진 나는 별수 없이 러그가 깔린 곳에 누울 자리를 만들어서는 책장에 꽂혀 있던 책을 내키는 대로 꺼내 읽었다. 마치 여행이라도 떠나온 것 같은 이런 비일상적인 밤이 좋았다.

졸았다 깨기를 반복하다 보니 어느새 전철이 다닐 시간이 되었다. 엔도 씨와 함께 밖으로 나오자 바깥은 생각보다

밝아 있었다. 이런 새벽 거리를 보는 것도 오랜만이다. 까마귀가 우아하게 저공비행을 하며 거리에 굴러다니는 반투명한 쓰레기봉투를 쪼아대고 있었다. 검푸른 하늘색도, 밤을 새운 날 특유의 묵직한 졸음도 도대체 얼마 만일까. 이 느낌은 마치…… 열일곱 살 무렵 같다. 그런 생각을 하면서 지하철을 향해 둘이 함께 걸었다.

다섯 시간 전에 작별 인사를 나누었던 개찰구 앞에서 다시 서로를 마주 보는 것은 아무리 그래도 조금 부끄러웠다.

"오늘 근무해?"

"응. 돌아가서 두 시간 정도 잘 수 있으려나. 엔도 씨는?"

"나도 10시부터 미팅이 있어서 집에 가서 옷만 갈아입고……. 잘까 말까 고민되네."

"그렇구나. 그럼 다음에 봐!"

"응."

'지금은 키스해야 하는 상황일까? 아니면 그냥 이대로? 아니면 뭔가 한 마디 더?'라는 망설임은 우리 둘 모두에게 동시에 생겨났다고 생각한다. 잠시 머뭇거린 후 가벼운 포옹을 하고 나서야 그와 헤어졌다.

포옹에는 큰 의미가 없었다. 그건 아무래도 좋은 결단이었다. 키스 혹은 섹스를 해도 상관없었을지 모른다. 무엇을 선택하든 언젠가는 같은 결말로 이어졌을 테니까.

전철에 올라타서는 한 번 더 휴대전화를 꺼내 보았다. 엔도 씨에게서는 아무런 메시지도 오지 않았다. 잠시 고민한 후 별 의미도 없이 메시지를 보냈다.

"전철 탔어. 어제, 오늘 긴 시간 고마웠어! 즐거웠어."

엔도 씨는 바로 읽고는 짧은 답장을 보냈다.

"나야말로! 다음에 또 봐!"

눈이 감길 정도로 졸린 몸을 기대고 하루 동안 일어난 일을 순서대로 떠올려보았다. 엔도 씨의 기분은 물론이고 내 기분조차 잘 모르겠다.

엔도 씨가 좋아질까?

혹시 앞으로 사귀게 되는 걸까?

나에게 그런 일이 일어날지도 모른다고 상상해보는 것은 상당히 오랜만이었다. 그것은 밝은 미래처럼 여겨지기도 했고 어쩐지 제대로 된 이미지로는 떠오르지 않기도 했다.

누군가를 좋아해도 되는 걸까? 아니 애초에 남편은 어떡할 거야? 잘 모르겠다. 잘 모르겠지만……

조금씩 새로운 인생이 움직이기 시작했다는 예감이 들었다.

엔도 씨에게 추천한 책은 후지코 F. 후지오藤子 F. 不二雄의 『모자공モジャ公』이었다.

'재미있는 SF 만화를 읽고 싶다'라는 엔도 씨의 요청에 따라 고른 책이다. 이른바 본격 SF 만화는 잘 모르지만 후지코 F. 후지오의 최고의 작품은 이 만화라고 생각해왔다. 그가 꼭 한번 읽어봤으면 좋겠다. 초등학교 고학년을 대상으로 한 잡지에 연재됐던 만화여서 내용도 꽤 어른스럽다. 자살, 세뇌, 종교 등 사회문제가 담겨 있는 데다가 우주 모험물로도 즐겁게 읽을 수 있는 명작이다. 엔도 씨는 힙합을 좋아해서 라임스터ライムスター의 팬이라고 했다. 우타마루라임스터의 보컬가 후지코 F. 후지오의 전집에 해설을 쓴 바 있는데 그가 말한 대로 나 역시 '『모자공』이 후지코 F. 후지오의 최고작'이라는 지론을 펼치고 있었기에 추천하기로 마음먹었다.

엔도 씨는 종이책을 사지 않는다고 했지만 그 후 "아마존에서 샀어요! 재미있었어요! 고마워요!"라고 짧은 메시지를 보내주었다.

☆

　「X」를 통해 다양한 사람을 만나는 와중에 남편과는 평화적인 해결을 모색하고자 노력했다. 별거 후에 한 달에 한 번씩 만나 함께 식사를 했다. 다만 둘 다 문제의 본질에는 발을 들이기가 두려웠기 때문에 그저 무난한 대화만 나눌 뿐이었다. 축하할 일도 없었지만 평범한 식사만 해서는 즐겁지 않아서 무의미하게 조금 비싼 것을 먹기도 했다.

　이렇게 만나서 밥을 먹는 것에 무슨 의미가 있을까.

　그렇게 생각하면서도 상황을 변화시키기가 귀찮았다. 그냥 이렇게 뒤로 미루고 싶기만 했다. 단순히 친구인 것처럼 밥을 먹고 역에서 헤어지고 나면 도무지 설명할 수 없는 피로감이 밀려왔다.

　남편과 있는 것이 마치 돌이라도 씹는 듯 불편한 나보다, 일을 때려치우고 싶다고 말하면서도 실제로는 미적거리기만 하는 나보다, 「X」를 하면서 무모하게 미지의 세계를 탐구하는 내가 더 좋게 느껴졌다. '아무리 그래도 나도 참 이상한 짓을 하고 있네' 하고 웃음이 나올 것 같은 기분마저도.

☆

「X」를 통해 멋진 사람을 만나는 일이 점점 늘어났다. 우연인 걸까, 아니면 내 신뢰도가 높아졌기 때문일까, 혹은 내가 누군가를 '멋지다'고 느끼거나 상대방의 멋진 점을 끌어내는 기술이 늘어난 걸까.

나오도 그중 한 명이었다.

백귀야행 같던 「X」의 세계에서 들판에 핀 꽃처럼 밝고 상대방을 편하게 해주는 존재. 그녀는 오랜 시간 일하던 회사를 그만두고 프리랜서 사진작가로 독립할 준비를 하고 있었다.

밝고 상냥하고, 남의 말도 잘 들어주고, 긍정적인 데다가 노력파. 사야카와는 완전히 다른 유형이었지만 역시 동성과 만날 때는 이성보다 훨씬 마음 편히 대화를 이어갈 수 있었다. 둘이 대화를 나누는 짧은 시간 동안 내 화법, 발상, 사고방식에 대해 "그런 부분이 나나코의 좋은 점이야" 하고 칭찬해주었다. 나오의 말은 전혀 꾸밈이 없었다. 그녀에게서 자연스레 배어 나오는 '긍정의 힘'은 그야말로 신에게 받은 선물 같아서 솔직히 부러운 마음마저 들었다.

그런 나오가 이 사람은 꼭 만나보라며 추천한 사람이

유카리 씨였다. 그녀는 「X」에서 만난 사람에게 무료로 코칭을 해준다고 했다.

"코칭이 뭐야? 자기계발 같은 거야? '나는 할 수 있어, 나는 할 수 있어'라고 거울을 보고 다짐하는 그런 것? 수상한 것 아니야?"

"풋……. 뭐라는 거야, 나나코. 걱정 마. 수상한 것 아니야! 자기 마음을 알 수 있게 해주는 것이랄까."

나는 곧장 유카리 씨를 만나보았다. 그녀는 신주쿠 서쪽 출구에 있는 카페의 가장 안쪽 자리에 앉아 있었다. 잠깐 말을 나눈 것만으로도 안도감이 드는, 부드러운 목소리와 미소를 지닌 사람이었다.

간략히 자기소개를 하고 지금까지의 경험에 대해 이야기를 나눈 후, 유카리 씨가 코칭에 관해 간단히 설명했다.

"카운슬링과 자주 혼동되기는 하지만, 카운슬링은 이야기를 들은 후 상황을 정리해주거나 해결책을 제안해주는데 비해, 코칭은 스스로가 깨닫고 자신이 결정하는 느낌이라고 할까요."

"자기도 알지 못하는 자신을 어떻게 알게 되는 건가요?"

반신반의까지는 아니어도 스스로 답을 낼 수 있는 문제

라면 굳이 다른 사람이 개입하는 의미가 없지 않을까, 하는 생각이 들었다.

"실제로 해보죠. 조금 전에 나나코 씨가 놓여 있는 상황에 대해서는 들었는데 지금 가장 큰 고민이 뭔가요?"

"음…….. 고민이라. 고민이라고 할 정도는 아니지만 앞으로 저 자신이 어떻게 하고 싶은 건지 잘 모르겠어요. 남편과도 헤어지고 싶은 건지, 관계를 회복하고 싶은 건지 모르겠고요. 우선 당장 결정하지 말고 일 년 동안 상황을 지켜보자, 그러고 나서 결정하자고 마음먹은 상태예요. 일에 대해서도 막연히 지금 다니는 회사를 그만두고 싶다는 생각은 하지만 구체적인 계획이나 앞으로 무슨 일을 하고 싶은지도 잘 모르겠고요."

심각하게 고민하던 것이 아니라 막연히 끌어안고 있던 문제들이라 이런 것도 괜찮을까 걱정이 되었다.

"알겠어요. 그럼 시작해볼까요. 눈을 감으시고……. 넓은 방에 나나코 씨 혼자 서 있다고 상상해보세요. 나나코 씨가 서 있는 곳은 그곳만 색이 다른 사방 1미터 정도의 사각 타일입니다. 그곳이 지금의 나나코 씨를 표현합니다. 지금 거기에 서 있는 나나코 씨는 어떤 생각을 하고 있나요? 정리된 답이 아니어도 좋고 잘못된 답이어도 좋아요. 뭐든 생각난 것을 말해보세요."

"불안요."

"어떤 불안인가요?"

"막연하고……."

"막연한 마음이 드는군요. 뭔가 그 이유로 생각나는 것이 있나요?"

"나는 앞으로 어떻게 될까, 뭐 그런……."

'적절하지 않은 답이구나……좋은 답이 안 나오네……' 하고 생각하고 있는데 갑자기 스위치가 켜진 것처럼 말이 급하게 목구멍에서 차올라 입 밖으로 흘러나왔다.

"친구도 있고 일도 딱히 싫기만 한 것도 아니고, 즐거운 일도 잔뜩 있지만…… 결혼도 그렇고 점차 이것저것 잃어가고 있다고 할까, 지금 저한테 남은 게 하나도 없는 것 같아서……."

"네, 그렇군요. 아무것도 안 남은 것 같은 불안 말이군요."

"그래도 그걸로 괜찮아요. 무언가 사라지지 않기를 바라며 집착하고 싶지 않거든요. 그래도…… 앞으로 이것들을 대신해줄 만한 좋은 것, 하고 싶은 일, 함께 있고 싶은 상대를 찾을 수 없을 것 같아요."

말하면서 나 자신도 놀랄 정도로 오열하고 있었다.

"학창 시절 친구도 거의 없었어요. 지금 회사에는 특이한 사람들이 많아서 그 안에서는 저도 생기 있게 지낼 수 있지만 회사 밖으로 나오면 이른바 '보통' 사람들 사이에서 제대로 헤쳐 나갈 수가 없어요. 예전부터 줄곧 그랬어요. 보통 사람에게 맞추기 싫은 것이 아니라 정말로 못 하는 거예요. 그래서 막상 회사를 그만두지도 못하고……. 회사 사람들과 지낼 수 없게 되면 나답게 있을 공간이 없어질까 봐 두려워요. 일도, 사람도 그 정도로 저한테 잘 맞아서 빌리지 뱅가드라는 곳이 제 안에서 거의 정체성이 되어버렸다고 할까. 그건 저의 지난 인생에 무척 좋은 일이었지만, 그래도 이제 더는 머물러 있을 수 없다는 생각이 들거든요. 그런데 그렇게 좋아하던 일에서 벗어나 지금까지처럼 즐겁게 일할 수 있을지 자신이 없어요."

　눈물은 여전히 멈추지 않았다. 아니, 거의 흐느껴 울고 있었다. 뭐야 이거, 나 괜찮은 거야? 정신이 불안정한 건가? 최면에라도 걸렸나? 아니, 사각형 모양의 타일에 서 있다고 생각한 것뿐인데 최면치고는 너무 단순한 것 아냐? 그것도 처음 만난 사람 앞에서. 사람도 많은 카페에서. 너무 부끄러워. 어쩌지.

　"죄송해요. 죄송해요……. 눈물이……."

"괜찮아요. 더 말할 수 있으면 계속하세요."

하고 싶은 말은 많았지만 흐느낌 때문에 숨쉬기가 어려워 제대로 말하기도 어려웠다. 말하려 하면 할수록 눈물이 흘러나왔다. 유카리 씨는 이런 상황에 익숙한지 놀라거나 당황하지 않고 가만히 내 말을 들어주었다.

"그럼 다음으로 넘어갈까요. 5미터 앞에 같은 색 타일이 하나 더 있습니다. 거기까지 걸어가보실래요? 방금처럼 또 그 타일 위에 올라서세요."

타일 이미지가 이토록 효과적인 걸까……? 울면서도 냉정해지는 자신에게 놀라면서 유카리 씨가 말한 대로 머릿속 타일까지 걸어갔다.

"이곳은 일 년 후에 나나코 씨가 있게 될 곳입니다. 나나코 씨는 일 년 후에 이랬으면 좋겠다, 하는 '되고 싶은 자신'이 될 수 있습니다. 나나코 씨는 어떻게 되어 있나요? 무엇을 느끼고 있나요?"

"일 년 후……. 되고 싶은 자신……."

이번에는 말이 전혀 나오지 않았다. 되고 싶은 자신 따위 모른다. 잠시 생각해봤지만 아무런 말도 나오지 않았다.

말을 달리해가며 유카리 씨가 계속 질문을 던졌다.

"주변은 어떤 풍경인가요? 어떤 사람이 주위에 있나요?

보이는 것이나 들리는 것이 있나요? 나나코 씨는 지금 어떤 기분인가요?"

갑자기 확 떠오르는 영상이 있었지만 '이건 아니야'라며 바로 지워버렸다. 다른 사람을 내 행복의 근거로 삼는 것은 잘못된 방법이다. 내 행복의 근원은 나 자신에게 있어야 한다. 홀로 서야만 한다.

"지금, 뭔가 떠오른 게 있긴 한데 이건 조금 아닌 것 같아요……."

"생각에 맞고 틀림은 없어요. 다른 사람이라면 이해하지 못할 가치관이나 이상한 것이라도 상관없어요. 왜냐하면 그건 겨우 얼굴을 내밀어준 나나코 씨의 진짜 속마음일지도 모르니까요."

하지만 어째서인지 그것을 입으로 소리 내어 말하기가 꺼려졌다. 유카리 씨는 계속 끈기 있게 기다렸다.

"지금보다 더 멋진 사람들에게 둘러싸여 즐겁게 지내고 있어요."

쥐어짜듯 겨우 한 문장을 내뱉은 내 말을 듣고 유카리 씨가 말했다.

"와, 엄청 대단한 거잖아요."

그런 유카리 씨의 반응을 보고, '어라? 그러고 보니 그

렇게 이상한 것도 아니구나. 왜 이렇게 말하기 어려웠지?'
하는 생각이 들었다. 머리에서 입까지 전달되는 사이에 말
의 의미가 통째로 변한 것 같은 신기한 감각이었다. 방금 전
까지는 곁에 있는 사람들의 모습을 통해 자신을 좋게 보이
려 애쓰는 것 같아 스스로가 비참하고 부끄러웠다. 그래서
는 안 된다는 생각에 말을 꺼내기도 두려웠다.

"조금만 더 들려주세요. 그 사람들의 어떤 점이 멋지다
고 느낀 건가요?"

"회사에 대해 불평하거나 이런저런 것을 포기하고 산
다고 불평하지 않아요. 즐겁게 일하고 자유롭게 살고 긍정
적인 데다가, 저는 모르는 세계에 관해서도 잔뜩 알고 있어
요. 패션도 센스 있고 멋진데 온몸에 명품을 휘감은 게 아니
라 영문을 알 수 없는 스타일이랄까요? 그래도 그게 오히려
더 멋있고, 뭐 그런 느낌이에요."

또다시 자동으로 입이 열려서 말이 튀어나왔다. 그것을
또 한 명의 냉정한 내가 듣고 있었다. 마지막에 말한 옷에 관
해서는 도대체 무슨 말을 하는 건지 나 자신도 이해하기 어
려웠다. 다만 어쨌든 그것이 내가 추구하는 것이었다. 영문
을 알 수 없는 패션 센스를 가진 사람과 친구가 되는 것이.

"아주 멋진 것 같은데요? 그럼 마지막 질문으로 넘어갈

게요. 나나코 씨는 그런 사람들에게 둘러싸여 왜 즐겁다고 느꼈나요?"

지극히 평범한 질문을 받고 있을 뿐인데도 말이 나를 푹푹 찌르는 것 같아서 눈물이 멈추지 않았다.

"저 스스로도 지금과는 달라져서…… 그런…… 사람들과…… 대등하게 교류하……는 사람이 되어 있어서요……."

또다시 울음이 터져서 이제 도저히 내가 무슨 말을 하는지조차 알 수 없었다.

돌아보면 다른 사람에게 나에 관해 말하는 것이 늘 어려웠다.

나도 모르게 멋진 척, 즐거운 척, 밝은 척 행동해왔던 것은 내 인생이 제대로 굴러가는 것처럼 보이고 싶었기 때문이다. 그리고 다른 사람에게 괴롭다고 말해봐야 상대만 곤란해질 뿐, 그런 이야기를 듣는 것은 재미없지 않을까 걱정되기도 했다.

"나는 딱히 괴롭지 않아."

"나는 즐거워."

늘 습관적으로 그렇게 말했다. 그리고 나 자신도 그 말이 본심이라고 생각해왔다.

코칭이 끝나고 마음을 조금 추스른 후, 부끄러운 마음을 숨기고자 세상 돌아가는 이야기나 코칭에 관한 이야기를 나눈 후 카페를 나섰다. 함께 신주쿠 역으로 향하는 도중에 유카리 씨가 말했다.

"이제 집에 돌아가서 고객이랑 스카이프로 코칭할 거예요."

"그건 일로 하는 거예요?"

"네, 맞아요. 그분 같은 경우에는 세 번에 4만 엔의 요금으로 몇 번이고 계속하고 있어요."

4만 엔이라니, 꽤 비싸게 느껴졌다. 하지만 조금 전까지 그렇게 펑펑 울어댄 것을 떠올리면 적정 가격일지도 모른다.

"오늘은 공짜로 코칭해주셨잖아요? 무료로 할 때와 유료로 할 때 그 내용이 다른가요?"

"아니요. 똑같아요."

"그렇군요. 저기, 실례일지도 모르지만 「X」에서 많은 사람에게 무료로 코칭해주시는 것은 유료 코칭에 대한 홍보라거나 뭐 그런 건가요?"

"음. 물론 제 코칭이 마음에 들어서 돈을 내고도 이용해주면 그것대로 기쁘겠지만, 꼭 그것 때문만은 아니에요. 좋아하거든요. 코칭을 좋아해서 무료로도 하고 싶고, 유료로도 하고 싶다고 생각하는 것뿐이에요."

지금까지 들어본 적이 없는 새로운 사고방식이었다. 너무 충격적이어서 그 자리에서는 곧바로 이해하지 못했다. 집에 돌아와서 새삼 유카리 씨의 말을 곱씹어보았다.

누구나 '일'과 '돈', '좋아하는 일'의 관계에 대해 고민하며 각자의 답을 갖고 있다. '좋아하는 것을 일로 삼고 싶다. 그 일로 돈도 벌었으면 좋겠다. 그래도 지금은 유명하지 않으니까 무료로 해서 실적을 쌓자. 무료로 제공받은 사람에게 후기나 입소문을 내달라고 부탁하자'라는 식의 비즈니스는 주변에서 어렵지 않게 볼 수 있었다.

혹은 '아직 기술이 충분하지 않으니까 무료로 연습해보자' 하고 마음먹은 사람도 있을 테고, 반대로 '좋아서 하는 일이니까 돈은 안 벌어도 된다'라고 생각하는 사람도 있을 것이다.

그런데 유카리 씨는 코칭 자체를 진심으로 좋아하기에 무료건 유료건 상관없다고 생각하는 것이다. 분명 이런 것을 두고 천직이라고 말하는 거겠지.

비즈니스나 수익 사업에 관한 견해만 보고 멋지다는 것은 아니다. 다만 나도 유카리 씨의 시선으로 이 세계를 바라보고 싶을 뿐이었다.

내 천직은 무엇일까. 빌리지 뱅가드 안에만 존재하는 걸까. 아니면 서점 일이 천직인 걸까. 아니, 그보다 훨씬 낮은 단계의 이야기가 아닐까. 그저 내가 중심이 되어 무언가를 할 수 있는 공간이 필요한 것은 아닐까. 하지만 나 자신이 세상의 중심이던 십 대 시절은 이미 오래전에 끝났다. 그보다는 나 또한 누군가에게 도움이 되었으면 좋겠다. 유카리 씨처럼.

"유카리 씨. 요전번에는 코칭해주셔서 정말로 감사해요. 너무 많이 울어서 죄송했어요. 혼자서는 깨닫지 못했던 불안의 정체와 직면해서 무척 놀라긴 했지만 다양한 사실을 이해할 수 있었습니다.

일을 마주하는 유카리 씨의 자세에서도 많은 점을 배울 수 있었어요. 고맙습니다. 유카리 씨처럼 일을 해나가고 싶다는 새로운 목표가 생겼어요.

유카리 씨에게 추천하는 책은 이토 히로미伊藤比呂美와 에다모토 나호미枝元なほみ가 주고받은 서신집 『뭐 먹었어?なにたべた?』입니다. 이 책은 시인과 요리 연구가인 사십 대 여성 두 명이 일과 가정, 육아, 연애에 관해 고민하며 한밤중

조용한 부엌에서 마음을 담아 주고받은 편지를 엮었는데, 내용이 정말로 멋집니다. 제가 이 책을 처음 읽은 때가 갓 스무 살 무렵이었는데 그때는 나이를 먹어도 이렇게 매일 고민하고 괴로운 걸까, 하고 신기하게 생각했던 기억이 나요.

그로부터 시간이 흘러서 지금은 고민하지 않는 어른보다 이렇게 고민해가며 자기 인생을 마주하는 삶, 친구들과 함께 울고 웃으며 인생을 마음껏 살아가는 편이 훨씬 멋지다고 생각합니다.

대화를 나누며 느낀 유카리 씨의 강함과 부드러움이 이 책과 닮아 있는 것 같아요. 살아간다는 것은 좋은 일임을 깨닫게 해주는 책입니다. 둘이서 나누는 일상 이야기 사이사이에 들어 있는 저녁 식단이나, 음식 레시피가 생활 감각을 부여해주는 점도 좋답니다! 꼭 한번 읽어보셨으면 합니다."

제4장

어딘가를 향해 가는
도중의 사람들

★

「X」를 통해 많은 사람을 만나면서 내 안에서는 빌리지 뱅가드의 세계보다 밖의 세계가 더욱 커져만 갔다. 쉬는 날 바깥 세계에 있는 사람을 만나고 나면 기분이 좋아졌고, 출근하면 다시 하루하루가 지겨웠다. 불평만 늘어놓는 아르바이트생, 날림으로 세워진 사내 정책들, 냉소적으로 변해버린 동료들까지.

그러나 달라진 건 하나도 없었다. 빌리지 뱅가드라는 공간이 좋아서 떠나고 싶지 않다는 마음이 반, '그만두더라도 여기보다 더 좋은 곳은 없다. 내가 달리 할 수 있는 일도 없다'는 마음이 나머지 반을 차지했다. 그 결과 진심으로 회사를 그만두려 하지는 않았다.

"다음에는 무슨 일을 할 거예요?"

엔도 씨가 그렇게 물었을 때 아무 대답도 못 한 일, 유카리 씨에게 코칭을 받으며 운 일, '그 사람에게는 분명 이 책이 좋을 거야'라며 설레는 마음으로 책을 추천하던 일 등. 이 모든 것이 모여 1밀리미터씩 나를 물가로 밀어내고 있었다.

'왜 회사를 그만둘 수 없다고 생각하는 걸까.'

결국 막다른 곳까지 와버렸다. 지금처럼 회사에 남는다 해도 유카리 씨에게 말한, 일 년 후의 멋진 나는 기대할 수 없다. 다만 앞으로 무얼 하면 좋을지 알 수 없기에 그만두지 못하고 있을 뿐이다.

'지금처럼 누군가를 만나서 책을 추천하는 일을 직업으로 삼을 수는 없는 걸까? 정말 얼토당토않은 소리인 걸까?'

그런 생각을 하면서 뭔가에 홀린 듯 사람들을 만나고, 만나고, 또 만났다. 그렇게 모르는 사람과 만나는 일이 그야말로 생활의 일부가 되어갔다.

휴일 전날이 되면 「X」사이트를 연다. 재미있어 보이는 사람이 토크를 등록했다면 게시글에 신청버튼을 누른다. 흥미를 끄는 토크가 없다면 '내일은 그 책방에라도 가볼까?', '신주쿠에서 쇼핑이라도 할까?'와 같은 대략의 일정을 세우고 그에 맞춰 장소와 시간을 정해 토크를 등록한다. 그러면 휴일에 집에서 뒹굴뒹굴하며 시간을 버리는 일이 없어져서 좋다.

마에노 씨는 의대생이었다. 그는 이대로 정해진 길을 따라 의사가 되는 것에 의문을 품고 있었다.

"의료 자체에는 흥미가 있어요. 의료 관계를 연구하고 싶은 마음은 달라지지 않았지만, 의료계의 폐쇄성이나 낡은 체계 같은 게 잘 안 맞아요. 고등학교 친구가 창업한다고 하거나 아프리카에 학교를 세운다는 말을 들으면 엄청 부럽기도 하고, 저도 뭔가를 하고 싶어지거든요. 그리고 완전히 다른 이야기인데 학생일 때 세계 일주를 해보고 싶어요. 그래서 현재 세계 일주 중인 사람의 블로그를 열심히 보고 있고요."

마에노 씨는 전형적인 엘리트 의대생의 분위기를 풍겼다. 그래서 그가 관심을 두고 있는 세계 일주가 조금 의외로 다가왔다.

"세계 일주를 하고 돌아온 사람이 연 토크 이벤트에 가봤는데요. 그 사람한테 잠비아 지폐를 기념품으로 받았어요. 처음에는 보물처럼 여겨야지 생각했는데 그때 번뜩 아이디어가 떠오른 거예요."

"오오, 어떤 아이디어요?"

"'좁쌀 한 톨'이라는 전래 동화가 있잖아요. 그것을 해보면 어떨까. 잠비아 지폐에서 시작해 다른 사람들이 가진 더 좋은 물건으로 바뀌나가 마지막에는 세계 일주 항공권을 손에 넣는 거죠. 그렇게 세계 일주를 해볼까 하고요."

"와, 엄청 재미있겠네요!"

나를 제외하고 처음으로 '버라이어티 기획형' 인간을 만난 순간이었다.

"실은 저도 사람들에게 책을 추천한다는 기획을 하고 있거든요. 조금 비슷한 것 같네요."

"아, 그렇네요. 닮은 부분이 있네요. 저는 뭐가 되었든 '기왕 하는 거라면' 하고 옵션을 달고 싶어 하는 유형이거든요. 그냥 「X」만 하면 지루하잖아요. 세계 일주 항공권 같은 거야 사실 아르바이트만 열심히 해도 별 어려움 없이 살 수 있겠지만, 그래도 그것만으로는 재미없으니까 머리를 쓴 거죠."

"그거 좋네요. 그냥 하는 것만으로는 재미가 없다는 그 생각. 그래서 잠비아 지폐는 지금 뭐가 되었나요?"

"오늘 가져왔으면 좋았을 텐데……. 지폐가 병따개가 되고, 접이식 경량 우산이 되고, 토스터가 되고, 디지털카메라가 되고, 지금은 여행 가방이 되었어요."

"우와! 그야말로 '좁쌀 한 톨' 그대로네요!"

문득 그의 도전을 응원하고 싶어서 가방 안을 뒤져봤지만 당연하게도 여행 가방보다 한 등급 위가 될 만한 물건은 보이지 않았다.

"해보지 않은 사람은 모르겠지만 사실 지금부터가 문제예요. 더 이상 교환이 진행되지 않거든요."

과연 그렇겠구나. 애초에 '좁쌀 한 톨'에 공감할 수 있는 사람이 너무 적을 것 같았다. 다만 그런 이벤트를 떠올리는 발상 자체가 재미있었다. 진지하게 그 이야기를 하는 마에노 씨를 보고 있으면 어쩐지 응원하고 싶은 마음이 들었다.

"뭔가 좋은 아이디어 없을까요? 여행 가방과 부담 없이 바꿀 수 있는 키홀더 100개 같은 것을 교환해서 총알 수를 늘린다거나? 아, 키홀더 100개가 있어도 쓰레기밖에 안 되려나."

"음. 저도 물건을 쪼개는 것이 낫지 않을까 생각하고 있었어요."

이런저런 아이디어를 내고는 '이것도 이상하네, 저것도 이상하네' 하며 같이 웃고 떠들다 보니 어느새 나도 이 여행에 참여하는 기분이 들었다.

마에노 씨에게 책에 대해 묻자, 사와키 고타로沢木耕太郎의『나는 아직 도착하지 않았다』와 존 크라카우어의『인투 더 와일드』를 아주 좋아해서 몇 번이고 읽으며 여행에 대한 꿈을 키웠다고 했다. 그렇다면 소개할 책은『길 위에서』뿐이라고 확신했다. 안정된 생활을 거부하고 자유로운 여행을 떠나는 젊은이들을 그린 잭 케루악의 소설이다. 오십여 년 전에 출간되었지만 지금도 바이블처럼 이 책을 소중히 여기는 사람이 많다. 세계 일주 때 방문할 미국에 대한 기대가 커질 것이 분명했다. 그리고 평범하게 의사가 되는 것으로는 만족하지 않는 마에노 씨에게 잘 맞을 것 같았다.

마키 씨는 본래 어학계 출판사에서 근무했지만 지금은 영어 학원에서 강사로 일하면서 어학 학습서의 대필을 하고 있다고 했다.

"배우들의 책은 고스트 라이터가 대신 쓴다는 걸 알았지만 그런 세계에도 고스트 라이터가 있군요."

"네, 있어요. 일단 그 세계에서 유명인이 되면요. 그런데 지금 작업하는 책의 저자가 엄청 건방지고 짜증 나는 녀석이라 빨리 끝났으면 좋겠어요. 사실 언젠가는 내 책을 내는 것이 꿈이에요."

"어학 학습서요?"

"네. 토익이라고 아세요?"

"아, 네. 시험을 본 적은 없지만 알고 있어요."

"저, 토익을 엄청나게 좋아하거든요!"

마키 씨가 활짝 미소를 지으며 말했다. '뭐라고? 뭘 좋아한다고?' 이래서 「X」에서 누군가를 만나는 일이 이토록 즐거운 것이다. 나도 갑자기 기분이 좋아져서 되물었다.

"그게 좋고 싫은 게 있을 수 있나요? 참신하네요."

"토익을 너무도 사랑하는 사람들을 '토이커'라고 불러요. 생각보다 많아요. 물론 저도 그중 하나고요. 저는 얼추 오 년 정도 매회 시험을 보고 있어요. 만점을 받는 것이 제 삶의 보람이거든요."

"정말요? 그거 재미있네요. 그런데 애초에 만점을 받기 쉬운가요? 어디선가 들은 이야기로는 700점 정도를 받으면 취직에 유리하다고 하던데요."

"물론 만점을 받는 것이 쉬운 일은 아니죠. 만점을 받는 것은 두 번에 한 번 정도. 매번 970점 정도는 나오는데 만점이 어려워요. 그러니까 도전하는 거죠. 등산을 꾸준히 계속하는 느낌이랄까요?”

“그 정도 점수라면 영어 실력에는 부족함이 없겠네요? 그런데도 왜 계속 시험을 보는 거예요?”

“음. 게임의 스토리는 다 깼으면서도 남겨진 달성 목표를 전부 해결하고 싶어 하는 마니아 같은 심리랄까요. 그래도 매번 만점을 받으면 그걸 무기로 일도 할 수 있을 테니까요. 공부에는 끝이 없으니 지금도 매일 두 시간씩 공부해요.”

남들과 다른 가치관을 바탕으로 확고한 신념을 가지고 살아가는 사람을 보면 왠지 모르게 기운이 난다. 마키 씨는 그저 자신이 좋아하는 것을 하고 있을 뿐이라고 했지만 그의 이야기를 들으니 나 역시 가슴이 두근거렸다.

“저기, 너무 사소한 질문이라 죄송하지만 저도 영어를 잘하고 싶긴 한데 전혀 공부를 안 하거든요. 공부를 계속할 수 있는 비법 같은 게 있나요?”

“많은 사람이 고민하는 핵심일 거예요. 결국 무엇이든 습관으로 만들면 돼요. 양치질을 습관화하면 ‘지금부터 이를 닦을까? 닦지 말까?’ 하는 고민 안 하잖아요. 그렇게 귀결되는 것 아닐까요? 말은 쉽게 해도 많은 사람에게 그 자체가 높은 장애물이라는 것은 이해하지만요.”

너무 당연한 말이지만 도저히 실천할 자신은 없어서 그저 고개만 끄덕거렸다.

"그럼 저도 하나 여쭤볼게요. 나나코 씨는 왜 그렇게 책을 많이 읽으세요? 큰 뜻을 품었다거나 강한 의지가 있어서인가요? 그런 건 아니지 않아요?"

"아, 그건 그래요. 생활의 일부가 되어버린 느낌이에요. 그래도 책은 재미를 위해서라고 할까, 그냥 너무 읽고 싶어서 읽는 거니까 공부와는 완전히 다르죠."

"저한테는 그런 게 바로 토익이에요."

하고 싶은 일에 매진하는 사람은 반짝거린다. 나도 그런 사람이 되고 싶다.

그 후 마키 씨와는 동갑이라는 사실을 알게 되어, '지금이 오히려 청춘이지. 이 정도 나이는 되어야 청춘이라 할 수 있지'라는 이야기로 의기투합했다. 노력을 아끼지 않고 늘 전진하는 마키 씨에게는 야마다 즈니山田ズーニー의 책이 제격이다 싶었다. 그의 책 중에서 『어른의 소논문 교실おとなの小論文教室』을 추천했다.

즈니가 독자와 메일을 교환하면서 일과 커뮤니케이션 등 정답이 없는 문제에 우직하게 맞서는 과정을 엮은 책인데 진지하게 물음을 지속하며 앞을 향해 나아가는 태도가 얼마나 훌륭한지 알려준다.

마키 씨가 자기 내면을 깊이 파고들 때도 도움이 될 테고 영어 학원에 다니는 학생들과 대화하거나 그들의 고민을 들어줄 때도 직접적으로 도움이 되리라.

☆

이런 식으로 평소에는 만날 수 없는 다양한 사람들의 이야기를 듣는 것이 즐거웠다. 나 또한 일 때문에 고민하고 있었기 때문에 사람들의 말이 절실하게 마음에 와닿았다.

「X」에 등록한 사람은 'IT, 창업, 프리랜서' 중 하나의 키워드를 가슴에 품고 살아가는 사람들이 대부분이었다. 그래서 체인 서점이나 잡화점의 점장은 오히려 귀한 존재로 취급받았는데 그 또한 신선했다. 평범히 가게에서 일하는 것이 특별하게 여겨지다니 상상도 못 했다. 그 결과, 나조차 지극히 평범한 샐러리맨을 만나면 놀라서 "어라, 이렇게 평범한 사람이 어째서 「X」에?"라고 묻곤 했다. 그럴 때면 상대방도 "아니, 나나코 씨는 어떻고요"라며 쓴웃음을 지었다.

실제로 「X」를 통해 사람을 만나면 프로필을 보고 상상하던 것과 다를 때가 많았다. SNS 이미지는 허상인 것이 당연하지만(특히 창업에 관련된 사람일수록 더욱), 사람이란 실제로 만나보지 않으면 제대로 알 수 없다. 따라서 직접 만나지 않고 인터넷을 통해 대화를 나누는 것만으로 책을 소개하는 것에는 좀처럼 흥미를 느끼지 못했다.

"창업을 하려는 대학생입니다! 정보 교환해요. 같이 재미있는 일을 해봐요!"

처음 다구치 씨의 프로필을 보고 나는 다소 가벼운 남자를 상상했다. 그런데 어째선지 약속 장소가 르누아르_{긴자에 본점을 둔 고급 카페}로 정해지고 내가 조금 늦게 도착하자 영업하는 사람처럼 의자에서 일어나 90도로 허리를 굽혀 인사하는 다구치 씨를 보고 놀랐다. 과하게 예의 바른 모습이나 지나치게 진지한 분위기가 프로필 이미지와는 정반대였다.

"저기, 이런 업무 상담 같은 느낌은 좀 그렇지 않나요? 제가 딱히 다구치 씨의 고객도 아니고 그처럼 예의를 안 차리셔도 되는데."

"어라, 이상한가요? 뭔가 실례가 되었나요?"

"아니요. 그런 건 아닌데. 지금은 서로 비즈니스를 하는 것도 아니니까요."

"아, 나나코 씨는 그렇게 생각하시는군요. 그래도 이게 뭔가 계기가 되어 일로 연결될지도 모르니까요. 저는 창업을 위해 인맥을 만들고 싶거든요. 저에게 투자해줄 사람을 만나고 싶기도 하고요. 그러니까 신뢰감을 줄 수 있는 태도를 보이고 싶어요. 만날 장소를 르누아르로 정한 것도 그런 이유예요. 예를 들어 나나코 씨가 일당 1만 엔을 주고 자기 일을 도와줄 사람을 찾는다면, 맥도날드에서 100엔짜리 환타를 마시면서 기다리는 녀석에게는 부탁 안 하시겠죠?"

나라면 그런 것으로 사람을 판단하지 않겠지만 그가 들어가고 싶어 하는 세계에는 그런 철학이 어울릴지도 모른다는 생각에 더는 딴죽을 걸지 않았다.

다구치 씨는 르누아르의 커피 값을 대기 위해 새벽 5시부터 슈퍼마켓에서 채소 판매원으로 아르바이트를 한다고 했다. 동시에 학교에 다니느라 만성적인 수면 부족 상태였다.

"그래도 슈퍼마켓에서 반쯤 졸면서 채소를 자른다는 이야기는 너무 가난뱅이 같아 보여서 하고 싶지 않아요! 잘나가는 창업가처럼 세련되어 보이고 싶거든요!"

"하지만 저한테는 그렇게 애쓰는 모습이 더 매력적으로 느껴지는데요."

그의 시도가 효과를 볼 수 있을지는 알 수 없지만 의미

없는 노력이라고는 생각하지 않았다. 나 역시 「X」에 들어와 여기라면 나를 되찾을 수 있을 거라는 기대감으로 책을 추천하기 시작했기 때문이다. 이곳은 '이렇게 되고 싶다'는 각자의 소망을 시험해보는 실험장일지도 모른다. 다구치 씨가 과거의 나와 겹쳐 보여서 그를 응원하고 싶어졌다.

　다구치 씨에게는 미즈노 게이야水野敬也의 『'미녀와 야수'의 야수가 되는 방법美女と野獣の野獣になる方法』을 추천했다. 이른바 연애 테크닉 지침서인데 전체적으로 장난기 가득한 책이지만 저자가 가진, 이상할 정도의 진지함이 묻어나고 마지막에는 단번에 폭발하는 명저다. 그 진지함이 다구치 씨와 닮아서 그가 이 책을 꼭 읽었으면 했다.

☆

　아미는 키가 작고 핫팬츠가 잘 어울리는 매력적인 여성이었다. 애교 섞인 목소리와 보호 본능을 자극하는 외모로 엄청 인기가 많아 보였다. 하지만 한편으로는 어딘가 불안하고 어두워 보이기도 했다. 손목에는 흉터가 몇 개나 있었다. 아미는 특유의 붙임성 있는 말투로 입을 열었다.

　"저는 모든 것을 잃었어요. 지금은 생활보호 시설을 이용하고 있어요.”

　동거하던 애인의 폭력에서 벗어나기 위해 친구의 도움을 받아 세 달 전에 집을 나왔다고 했다. 가재도구는 물론이고 살 집조차 없다. 애인은 전 직장인 술집의 점장이었기에 일도 동시에 잃었다. 어디에 있는지 들킬까 봐 무서워 동료와도 연락하지 못하고 SNS에도 위치를 알 수 있는 글은 올릴 수 없다고 한다. 저금은 ‘결혼 자금을 만들자’라는 명목으로 애인이 관리했기에 돈을 뽑거나 가지고 나올 수 없었다. 아미는 꽤나 심각한 상황에 놓여 있었다.

　“친구에게도 너무 오래 신세를 질 수 없었어요. 저는 부모님과도 사이가 나쁘고, 아무 데도 의지할 곳이 없어서 거의 노숙자 신세였거든요. 그런데 「X」를 알고 난 뒤에는 그곳에서 만난 여자분들 집을 전전하게 되었어요! 모두들 본 적도 없고 알지도 못하는 타인에 대해 거부감이 없더라고요. 고마운 마음밖에 없어요. 돈도 집도 없다면 역시 유흥업소에 가는 수밖에 없다고 생각하게 되잖아요. 아니면 사채라도 써서 집을 얻거나? 그런데 그건 평범한 아르바이트로는 못 갚겠죠. 그러던 중에 「X」에서 만난 어떤 분이 ‘나라에서 어떻게든 해줄 거예요’라고 귀띔해주었어요. 그래서 지금 요양 보호사 자격증을 딸 수 있는 학교 비슷한 데에 다니고 있어요. 살 곳도 생겼고요. 그토록 바라던 자립을 한 거죠!"

"오, 그렇군요! 그래도 정말 대단하네요! 생활보호에 대해서는 들어본 적 있지만 집과 일까지 소개해주는지는 몰랐어요."

"그렇죠. 저도 그전까지는 잘 몰랐어요. 꼼짝없이 유흥업소에 나가야 하나 싶었어요."

아미는 밝고 즐거운 성격 덕분에 금세 친해질 수 있었다. 나는 아미만큼 어려운 상황은 아니지만 "가엽다. 참 힘들겠구나" 하는 말을 들을지도 모르는 상황에서 벗어나고자 발버둥 치고 있다는 점이 우리 둘의 공통점처럼 느껴졌다. 「X」 주변에는 "불행이 불행을 불러온다"는 옛말이 더 이상 적용되지 않는 것 같았다.

아미에게서 '뭔가 어둡고 나를 송두리째 어디론가 데려갈 것만 같은 작품을 읽고 싶어요'라는 요청을 받았다. 나는 조지 아키야마ジョージ秋山의 『버리기 어려운 사람들捨てがたき 人々』을 추천했다. 나 역시 처음 읽고 나서 아무 일도 손에 잡히지 않을 정도로 충격을 받은 작품이다. 섹스만을 생각하는 아무 장점도 없는 남자를 중심으로, 행복해지려고 몸부림치는 사람들의 모습이 그려졌다. 그런 모습이 도리어 어

떤 사람이라도 용서할 수 있을 것 같은 인간 찬가讚歌처럼 느껴졌다. 극한까지 어둠으로 치달은 작품에서야 비로소 구원의 빛을 찾을 수 있는 사람도 있기에 부디 이 작품이 아미의 상처를 치유할 수 있기를 바랐다.

이곳에 있는 이들은 모두 어딘가로 향해 가는 도중의 사람들이다. 자기 일에 만족하고 가정생활이나 연애도 원만하게 유지하는 사람, 지금 이대로 변하고 싶지 않거나 현재의 삶에 만족하는 사람은 없었다. 일을 그만둔 지 얼마 되지 않은 사람, 창업이나 이직같이 인생의 전환기를 맞이한 사람, 자기 상황이 불안해서 막연히 변하고 싶은 사람 등. 모두가 자신의 불안정한 상황을 무방비하게 내보이며 서로 의지하게 되는 모임이었다.

그런데 생각해보면 세상이라는 것이 다 그런 것 아닐까? 다른 사람의 삶을 삼십 분간 요약해서 듣고 나도 그 시간 안에 내 인생을 요약해서 들려준다. 제한된 시간 내에 상대에게 어디까지 깊게 파고들 수 있는지 도전하는 것이 즐거웠다. 맨몸으로 밧줄을 당겨가며 호수 바닥에 스르르 가라앉은 후 순식간에 악수를 나누고 다시 수면 위로 떠오르는 것 같은 시간. 거기에는 특별한 반짝임이 있었다.

☆

요코하마의 코워킹 스페이스coworking space에 출근하며 IT 일을 한다는 에자키 씨를 만났다. 코워킹 스페이스는 공유 오피스와 비슷해 보였지만 자세히는 몰랐다.

"요즘 정기적으로 열 명 정도가 모여서 심리 게임 같은 걸 하고 있어요. '마피아' 게임이라고 아세요?"

"아뇨, 못 들어봤어요."

"다음번에 게임을 할 때 부를 테니 놀러 오세요! 다들 좋은 사람이거든요."

얼마 후 요코하마 역에서 도보 십 분 거리에 있는 수수께끼로 가득 찬 시설, T로 향했다. 에자키 씨가 다른 사람들에게 나를 소개했다.

"나나코 씨는 「X」 사이트에서 만났어요. 만난 사람에게 딱 맞는 책을 추천해줘서 엄청 인기예요."

그의 말을 듣고 '「X」를 안 하는 사람에게 만남 사이트에서 만났다는 사실을 말해도 아무런 문제가 되지 않는구나' 하고 놀랐다. 인기인이라고 소개해준 것도 기뻤다. 무엇보다 T에 있던 사람들이 모두 X를 알고 있다는 점이 놀라웠다.

"대단하네요! 저도 등록은 했지만 아직 제대로 이용해

본 적은 없어요.”

　“저는 자주 이용하고 있어요. 다음번에는 저한테도 책을 소개해주세요!”

　그들은 이런 식으로 나를 평범하게 받아들였다. 지금까지 빌리지 뱅가드에서 일하는 동료들에게는 어쩐지 내키지 않아 「X」에 대해 털어놓지 못했다. 책을 추천하는 활동을 하고 있다고도 말하지 못했다. 이쪽 세계에서는 이런 것이 지극히 평범한 일일까? 코워킹 스페이스라는 장소의 특성 때문인지, IT 업계 사람들이기 때문인지 알 수 없었다.

　그날 배운 마피아 게임은 너무 재미있었다. 그래서 이후에도 종종 마피아 게임을 하기 위해 T를 방문했다. 그곳에는 처음 보는 것과 처음 해보는 것들뿐이었다. 모두가 자기 컴퓨터(물론 얇은 매킨토시 노트북이었다)를 가져와서 자유롭게 일을 했다. 이곳에 있는 사람은 모두 ‘얼마 전에 쇼핑하러 이케아에 다녀왔어’라고 이야기하는 정도의 가벼운 어조로 이런 말을 내뱉곤 했다.

　“아, 그러고 보니 어제 ○○ 앱을 만들었어.”

　아니, 앱을 만든다는 것이 그렇게 간단한 일이었나……?

　그런 그들 주변에서 시간을 보내노라니 막연하게만 알던 ‘IT 업계’가 다르게 보이기 시작했다.

그때까지는 '미래 지향적이고 세련된 일', '시장의 규모가 커져서 돈이 되는 일', '카페나 집에서 할 수 있는 일' 정도로만 생각했다. 물론 IT 업계의 격차에 대해서는 알지 못했다. '망해간다'는 저주 같은 말이 계속 떠도는 출판계에 비하면 밝은 업계라고 믿었다.

하지만 실제로는 그 시장에도 신규로 뛰어드는 사람이 많아서 자기 일을 확립하거나 안정된 수입의 발판을 만드는 데 힘겨워하는 사람이 많았다. 책과 관계된 일을 하는 우리에 비해 딱히 미래가 밝다고도 할 수 없었다.

"프로그래밍 언어는 몇 년 만에 바뀌곤 하니까 지금 사용하는 언어를 공부해도 몇 년 후에는 거의 수요가 없어지곤 해요. 차세대 언어를 배우지 않으면 습득이 빠른 젊은 애들한테 일을 곧장 뺏길 수도 있고요."

"○○라고, 얼마 전에 만든 게임이 대박 나서 돈을 조금 벌었거든요. 이것만 들으면 제법 짭짤해 보이지만 그 게임을 개발하는 데 무려 반년 이상 걸렸어요. 예전 같으면 그렇게 히트 친 사람은 다음에도 큰일을 할 수 있을 거라 생각하지만 요즘에는 누군가의 차기작이라고 해서 관심을 보이는 사람은 없거든요. 다음에 만든 게임이 또다시 많은 사람에게 인기 있으리라는 보장이 전혀 없어요. 지금은 모바일 게임의 여명기라 저 같은 무명 개발자도 돈을 벌 수 있지만 대기업이 시장에 들어오면 뭐, 도저히 이길 도리가 없겠죠."

처음에 만났을 때는 자유로운 분위기가 멋지게만 보였다. 하지만 걱정 없이 사는 사람은 어디에도 없는 것이다. 그럼에도 그들은 스스로 핸들을 쥐고 있다. 그 모습이 나에게는 여전히 멋져 보였다.

이 무렵부터 T에서 만난 사람을 포함해서 지인이라고 해야 할지, 친구라고 해야 할지 알기 어려운 사람들이 폭발적으로 늘어났다. 우선 T에서 알게 된 마피아 게임은 적어도 열 명은 모여야 할 수 있기 때문에 여기저기서 '잘 알든 모르든 상관없으니까'라며 사람들을 불러 모았다. 나 역시 '일단 누구든 상관없으니까 새로운 세계를 알고 싶다'는 주의였기 때문에 잘 맞았다.

게다가 사람들과 친해진 후부터는 어디든 혼자서도 잘 참여하는 사람으로 인식되어, 술 모임이나 티켓이 남은 연극, 라이브 공연 등의 이벤트에 자주 불려 가게 되었다. 그곳에서 새롭게 만난 사람이 여는 이벤트, 공부 모임, 홈 파티 등 만남이 무한으로 증식하면서 새로운 라이프스타일이 확립되기 시작했다. 무슨 일을 하는지 잘 모르는 사람이나 본명조차 알지 못하는 사람과도 자주 어울리게 된 것이다.

그래서 이 무렵에는 이런저런 모임에 나가서 낯선 사람들 사이에 들어가는 것이 전혀 어렵지 않게 되었다. 아는 사람이 거의 없는 곳에 가면 말을 걸 만한 사람을 찾아 다닌다. 그런 사람이 보이지 않을 때는 휴대전화를 만지작거리기보다 멍하니 있는 편이 좋다. 그러고 있으면 그 모임을 주최한 사람이 말을 걸어주고 다른 사람에게 나를 소개해주는 경우가 많기 때문이다. 「X」와 마찬가지로 서로가 완전히 낯선 사람인 순간은 처음뿐이다. 그 후에는 평범하게 대화를 나눌 수 있다.

모임에서 이야기의 중심에 원활히 들어가지 못하거나 대화를 나누는 흐름을 따라가지 못할 때도 많았다. 처음에는 그런 상황에 놓이는 것이 무척 힘들고 무서웠다. 하지만 모든 모임에 익숙해지는 것은 애초에 불가능하다. 보잘것없는 모임도 많다는 사실을 깨닫고부터는 그 자리에 익숙해지지 못하는 데 대한 공포가 사라졌다. 무리하게 친해지려 하지 않고 정말로 웃고 싶을 때만 웃으면 된다. 그렇게 생각하니 마음도 점차 편안해졌다. 이렇게 사람을 대하는 방법도 조금씩 몸에 익힐 수 있었다.

☆

　지난날 내가 나도 모르는 사이에 깊은 절망에 빠졌던 것처럼, 어느새 나는 마음속으로부터 건강을 되찾고 있었다. 물론 남편과의 문제에 뒷덜미를 잡혀 곤두박질칠 것만 같은 순간도 있었다. 하지만 이럴 때면 새로운 세계를 흡수하며 만든 밝고 건강한 내가 침울해진 나를 지탱해주었다.

　정면 승부를 피한 채 즐거움만 찾아 도망치고 있을 뿐이라는 것은 나 자신도 알고 있었다. 하지만 **도망갈 곳조차 없다면 이 세상을 어떻게 견뎌낼 수 있겠는가**.

제5장

당신의 조언은
땅에 떨어진 먼지 같아

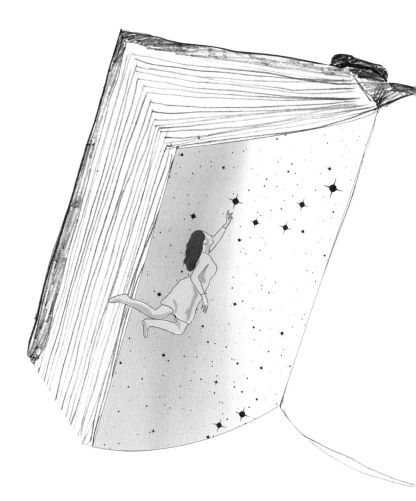

★

물론 모든 만남이 매혹적이기만 했던 건 아니다. 세상 사람 모두가 서로를 완벽히 이해할 수 있는 것도 아니고 좋은 면만 있는 커뮤니케이션 따위는 애초에 존재하지 않는다.

휴일이었던 어느 날, 신주쿠에 쇼핑하러 나간 김에 토크를 등록했다. 평일 점심을 갓 넘긴 어중간한 시간. 토크에 신청한 사람은 이마노 씨라는 남자 한 명뿐이었다. 아직 「X」를 시작한 지 얼마 안 된 듯 만남 후기도 등록되어 있지 않았다. 프로필에는 "글을 쓰는 것이 취미라 소설을 쓰고 있습니다. 전자책으로 판매 중입니다"라고 쓰여 있었다. 걱정스러운 마음이 없지는 않았지만 책에 관해 대화할 수 있을지 모른다는 생각에 신청을 받아들였다.

그렇게 만난 이마노 씨는 구깃구깃한 스웨트 셔츠 차림에 긴 머리카락이 착 달라붙은 어두운 분위기의 남자였다.

"이, 이렇게 여, 여자분이랑 이, 이야기할 수 있다니 기, 기쁘네요. 으흐훗."

'우와, 새로운 유형이 나타났다!' 여러 차례 대화를 시도해보았지만 상대방의 목소리가 너무 작아서 잘 들리지 않았다. '으흐훗'이라는 웃음소리만이 귀에 박힐 뿐이었다. 이마노 씨가 그다지 입을 열지 않아서 내가 먼저 전자책에 대해 물어보았다. 그러자 아이패드를 꺼내서 책을 보여주었는데 4쪽 정도의 짧은 스토리였다. 굳이 장르를 나누자면 역사 SF랄까? 대화의 계기가 되지 않을까 싶어 앉은자리에서 열심히 읽어보았지만 너무 지루해서 내용을 이해하기도 어려웠다. 킨들에서는 100엔에 판매되고 있었다.

"잘 팔리나요?"

"아니요, 전혀요……. 어떻게 하면 좋을까요? 뭔가 좋은 아이디어가 있으면 알려주세요."

이마노 씨는 마음이 진정되었는지, 조금은 알아들을 수 있을 정도로 목소리가 커졌다.

"아, 네에."

그에겐 정말 미안하지만, 얼른 삼십 분이 지났으면 좋겠다고 생각했다. 그때를 제외하고는 그렇게 생각한 적이 단 한 번도 없었다.

나를 당황시켰던 또 다른 예를 들자면 만남 장소에서 네 명이 다 같이 나를 기다리고 있을 때였다. 약속했던 건 그중 요시키 씨라는 사람인데 네 명이 전부 「X」를 하고 있고 다들 「X」에서 만난 친구 사이라고 했다. 정기적으로 연락을 취하며 친하게 지내는 듯 보였다. 요시키 씨가 나와 만나기로 한 후 모두에게 말을 걸어 함께 나왔고 대화가 끝난 후에는 같이 술을 마시러 갈 예정이라고 했다.

"나나코 씨는 엄청 인기가 많아서 다들 한번 보고 싶어 하더라고요. 자신들도 책을 소개받고 싶다고요. 죄송해요, 갑자기 너무 우르르 몰려나와서."

프로필을 바꾸고 꾸준히 책을 소개해서인지 그때쯤 「X」에서 내 순위는 점점 올라 유명한 창업가, 오래된 이용자들과 함께 베스트 10에 들어가 있었다. 물론 그 자체는 기쁜 일이지만 이런 취급을 받기는 싫다. 나는 일대일로 만나는 것에 묘미와 재미가 있다고 생각했다. 게다가 다른 사람을 데려올 생각이라면 사전에 말이라도 한마디 해줘야 하는 것이 아닐까.

만난 곳은 카페였다. 네 사람은 한참 전부터 이곳에 와 있었던 듯 테이블에는 빈 그릇과 잔이 여러 개 널려 있었다.

"아직 식사 안 하셨으면 뭔가 드실래요? 저희는 이미 먹었는데 괜찮으시면 드세요! 여기 햄버거 스테이크가 맛있어요."

이렇게 완전히 술자리에 늦은 사람 취급을 당했다. 많은 사람이 동시에 말하다 보니 화제도 제대로 파악할 수 없었다. 여러 명이 나에게 질문하는 식으로 대화가 진행되었지만 애초에 이들 사이가 너무 좋은 게 문제였다.

"저도 나나코 씨한테 책을 추천받고 싶어요~!"

"너는 《코로코로 코믹ㄱㅁㄹㄱㅁㄹㄱㅁㄹㄱ, 아동용 만화잡지》이면 되잖아."

"왜 나만 갖고 그래! 나도 소개받고 싶어!"

이렇게 나만 빼고 자기들끼리 신이 나서 떠들었다. '너희끼리 사이좋게 재미있는 시간을 보내는 것이 어때?'

화가 나서 삼십 분을 넘기자마자 남은 아이스티를 단숨에 들이켜고는 휴대전화를 가방에 넣고 나갈 채비를 했다. 그러자 요시키 씨가 종업원에게 급히 말을 거는 것이 아닌가.

"모처럼 이렇게 만났으니 기념사진이라도 찍어요! 저기요~!"

"기, 기념사진요?"

"저는 「X」가 최고의 공간이라고 생각하거든요. 친구도 많이 생겼고, 오늘 이처럼 나나코 씨와도 만났고요! 앞으로도 다 같이 술을 마실 때 초대할게요! 오늘은 정말 참석 못 하시나요? 혹시 괜찮으시면 삼십 분이라도."

"오늘은 좀⋯⋯. 저도 「X」는 정말 좋은 곳이라고 생각하는데요. 그래도 사진 찍히는 것은 그리 안 좋아해서요. 죄송해요. 먼저 갈게요! 다들 좋은 시간 보내세요!"

내가 주문한 음료수 값을 테이블에 올려놓고 급히 자리에서 일어났다.

"어? 그냥 가시는 거예요? 사진은요?!"라는 말을 뒤로하고 빠른 걸음으로 카페를 나섰다. 친한 척 엉겨 붙는 소꿉놀이에 휘말리고 싶은 마음은 없다. 한 명씩 만났다면 좋은 친구 사이가 되었을지도 모르지만.

그리고 역시, 자신을 솔직하게 드러내기 꺼리는 사람과도 좋은 만남을 갖기 어려웠다. 료코 씨는 철학을 전공하는 대학생이었다. 오모테산도에 있는 카페에서 만났는데 "조금 늦을 것 같아요. 곧 도착해요"라는 메시지를 반복하더니 결국 약속한 시각보다 삼십오 분 늦게 모습을 드러냈다.

"늦게 와서 죄송해요."

"괜찮아요……. 그런데 좀 걱정했어요. 길을 헤매신 건가요? 연락을 주셨으면 제가 나갔을 텐데요."

일단 웃는 얼굴로 말을 건네보았지만 그녀는 미안해하기는커녕 웃는 얼굴로 화답하지도 않았다. 그저 메뉴만 바라보는 료코 씨의 태도가 조금 의아할 정도였다.

그래도 남은 시간 동안 조금이라도 즐겁게 대화를 나눌 수 있다면 그걸로 되지 않을까 싶어 열심히 말을 걸어보았다.

"료코 씨는 대학생이라고 했죠? 철학을 전공하신다고 쓰셨던데 어떤 걸 공부하세요?"

"음, 아직 1학년이라 시작한 지 얼마 안 되어서요. 전체적으로 조금씩 배우는 느낌이랄까요."

"그럼 아직 별 재미는 없나 보네요? 애초에 철학이 좋아서 철학과에 들어가신 건가요?"

"흠, 그게 뭐, 그렇죠."

"「X」를 해보니 어떠세요? 왜 「X」를 하려고 마음먹으셨나요?"

"그냥 별생각 없었어요. 어쩌다 보니."

"그렇군요. 해보니 어때요? 재미있어요?"

"아직 잘 모르겠어요."

이런 식으로 모든 답이 애매모호했다. 더욱이 그녀에게서는 이야기를 이어나가려는 의지가 조금도 느껴지지 않았다. 딱히 나에게 질문을 던지거나 대화를 이끌지도 않았다. 그 결과 계속해서 이야기를 나누는 것이 어려웠다. 이 사람은 여기에 뭐 하러 나온 거지?

내가 굳이 이것저것 화제를 꺼내가며 대화를 이끌 필요는 없다. 다만 대화가 이뤄지지 않고 상대의 재미있는 부분을 끌어내지도 못한 채 삼십 분이 지나면 시간을 낭비하는 것은 내 쪽이다. 무난한 대화만 나누면서 제대로 자신을 드러내지도 못하고 상대의 핵심에도 접근하지 못했다는 후회가 남는다. 이렇게 별다른 보람 없이 만남이 끝나버리는 일도 종종 있었다.

짧은 시간 안에 원하는 대화가 이뤄지도록 상대의 마음을 파고드는 것이 중요했다. 하지만 이런 방법을 익히고 나자 이제는 도리어 대화의 날이 너무 날카로워져서 힘들었다. 일로써 만나는 사람과 나누는 별다를 것 없는 세상 이야기가 보잘것없이 느껴지기 시작한 것이다.

하지만 그런 차원을 넘어 이 활동을 하면서 가장 괴로 웠던 일은 단연 후지사와 씨와의 만남이었다.

☆

후지사와 씨는 센다이에 살지만 가끔 도쿄로 출장을 올 때마다 「X」를 이용한다는, 나보다 조금 나이가 많은 남자 였다. 출장 업무를 본 다음 날 휴가를 받아 도쿄 이곳저곳을 돌아다닌 뒤 돌아갈 예정이라고 했다. 저녁 늦게도 괜찮고 요코하마에서 봐도 좋다고 하기에 만나기로 했다.

그런데 약속을 정한 후 보고 싶었던 영화가 당일 한정 으로 심야에 개봉한다는 사실을 떠올렸다. 약속을 거절하 는 것도 미안하지만, 영화도 포기할 수 없어서 혹시 관심 있 으면 같이 보자고 제안했더니 후지사와 씨가 흔쾌히 승낙 해 주었다. 영화를 본 후에는 가볍게 밥을 먹으며 술을 마셨 다. 이미 막차 시각은 지났지만 택시로 금방 돌아갈 수 있는 거리여서 마음이 놓였다. 요코하마를 안내할 겸 함께 밤길 을 걸었다.

후지사와 씨는 출장을 왔다기에 가까운 곳에 호텔을 잡 아두지 않았을까 생각했다. 하지만 물어보니 인터넷 카페라도 가서 잘 생각이라고 해서 놀랐다. 요코하마에는 인터넷 카페가 많지 않다. 주말이어서 자리가 없을지도 모른다. 그는 여기저기 전화해보더니 낙담한 목소리로 어디에도 빈자리가 없다고 말했다. 이 지역의 사정을 하나도 모르는 것 같아서 전에 내가 가출했을 때 이용한 이시카와초의 간이 숙소에 빈방이 있는지 물어본 후 그곳으로 갈 수 있도록 주소를 가르쳐주고 택시에 태워 보냈다. 그리고 나도 다른 택시를 타고 집에 돌아왔다.

책은 나중에 사와키 고타로의 『나는 아직 도착하지 않았다』를 추천했다. 후지사와 씨는 바로 얼마 전까지 휴가를 이용해 인도로 일주일 배낭여행을 다녀왔다고 했다. 인도를 여행하는 재미나 그곳에서 하게 된 생각을 흥분해서 들려주었다. 『나는 아직 도착하지 않았다』는 1970년대를 무대로 하는 전설적인 여행기로 지금도 많은 배낭 여행자들이 바이블처럼 여기는 책이다. 특히 저자의 너무 뜨겁지 않은 담담한 시선이 마음을 편안하게 해준다. 원조라는 점도 있어서인지 어떤 책보다 여행의 즐거움을 현실적으로 전하고 있었다. 뒷이야기가 궁금해서 책장을 넘기는 손이 멈추지 않는, 무척 재미있는 책이다.

불필요하게 신성화하거나 지나치게 경계하는 마음 없

이 인도를 제대로 바라보고 싶었다던 후지사와 씨에게 딱 맞는 책이라고 생각했다. 그에게서 다음과 같은 답장을 받았다.

'전부터 궁금하긴 했는데 좀처럼 읽지 못한 책이네요. 나나코 씨가 소개해주셔서 반신반의(죄송합니다)로 읽어봤는데 생각보다 너무 재밌었어요. 순식간에 여섯 권을 전부 읽었습니다. 역시 여행이란 좋은 거네요.'

하지만 대화는 그뿐이었고, 그 후 후지사와 씨와는 따로 연락하지 않았다. 그런데 어느 날 갑자기 "오랜만이네요"라는 제목의 메시지가 도착한 것이다.

"나나코 씨와 보낸 요코하마의 밤은 저에게 뭔가 특별한 밤이었어요. 그때의 마음을 담아서 글을 조금 썼습니다. 길기도 하고 개인적인 내용도 담겨서 부끄럽지만 나나코 씨는 책을 많이 읽으실 테니 제 작품에 대한 비평이나 감상을 듣고 싶습니다."

이 시점에서 이미 불길한 예감이 들었지만 차마 거절할 수 없어서 애써 가벼운 말투로 "우와, 무슨 글일까요? 멋진 감상은 내놓을 수 없지만 저라도 괜찮다면"이라고 답했다.

그가 보내온 것은 우리가 만났던 날 밤, 내가 택시에 함께 올라타서 "외로워요. 집에 돌아가고 싶지 않아요"라고 말하는 부분으로 시작되었다. 워드 파일 90쪽 분량의 대작 포르노 소설. 읽으면 읽을수록 토할 것 같은 기분이 들었다. 길게 이어지는 성행위 장면보다도 내가 후지사와 씨의 정강이를 쓰다듬으며 "매끈매끈해서 기분 좋아요"라고 반하는 장면이 특히나 충격적이었다.

혹시 마지막까지 읽으면 하나의 소설로서 재미가 있을지도 모른다는, 나조차 이해하기 어려운 한 줌의 희망을 가슴에 품고(실눈을 뜨고서라도 무서운 것을 보고자 하는 마음일지도 모른다) 숨도 제대로 쉬지 못한 채 마지막까지 읽었다. 하지만 결국 내가 그 사람의 아이를 잉태해서 미혼모로 아이를 낳고, 상대는 가슴 아파하면서도 헤어지기로 마음먹은 후 가정으로 돌아간다는 이야기로 끝이 났다. 21세기를 살아가는 지금, 그 이상 진부하기도 어려울 것 같은 결말이다. 딱히 재미도 없는 기분만 나빠지는 이상한 소설이었다.

분노, 혐오, 실망……과 같은 다양한 감정이 치밀어 올랐다.

'그저 책을 소개하고 싶었을 뿐인데, 왜 이런 취급을 받아야 하지?'라는 속상함과 함께 '이런 글을 보내놓고 자신이 용서받을 수 있다고 생각한 걸까?'라는 분노가 머릿속을 가득 채웠다.

내가 무언가 잘못한 걸까? 나도 모르게 호의를 품고 있다고 생각될 만한 행동을 했을까? 더욱 확실히 거절 의사를 드러내야 했던 걸까? 하지만 도대체 어느 단계에서?

어느새 나는 내 잘못을 찾아 자신을 탓하고 있었다. 이런 일을 당했을 때 사람은 상대가 아닌 자기 자신을 탓하는 법이라고, 마치 타인의 일처럼 실감하고 말았다.

누군가에게 호의를 품는 것이나 성적인 대상으로 인식하는 것은 완전한 자유다. 하지만 그 사실을 상대에게 전하는 것은 전혀 다른 문제다. 그는 내가 이걸 읽고서 어떻게 반응하리라고 생각한 걸까? 소설 안에 나오는 나처럼 기분 좋은 듯 "우후훗. 재미있네요! 두근두근하며 읽었어요"라고 답하길 바랐을까. 혹은 "소설로서 이런 부분은……"이라며 진지하게 비평의 말을 건네주길 바랐을까. 설마 내가 이걸 읽고 기뻐하리라고 생각한 건 아니지?!

아니, 애초에 '내'가 어떻게 생각할지는 아무 관심이 없었던 것이 아닐까. 그냥 쓰고 싶으니까 써서 보내고 싶으니까 보낸 것이다. 악의를 가지고 행동한 것보다 그쪽이 더 무섭다. 거기에는 인격을 가진 '나'라는 존재가 없으니까.

직접 몸을 건드리는 성폭력도 아니고 싫으면 안 읽으면 그뿐이라고 생각했을지 모른다. 하지만 좋아하지도 않는 사람이 이렇게 기분 나쁜 글을 써서 읽으라며 보낸 것이다. 내가 싫어할지도 모른다는 가능성에 대해서는 정말 눈곱만 큼도 생각하지 않은 걸까.

성적인 내용 때문에 괴롭기도 했지만 그보다 이 같은 커뮤니케이션의 단절에 더욱 큰 절망감을 느꼈다. 함께 요코하마에서 보낸 밤에는 평범하게 대화를 나누었고 나름 즐거운 시간을 보냈다. 그런 면에서 나는 후지사와 씨를 신뢰했다.

하지만 이런 내 기분을 전하고 싶은 마음은 들지 않았다. 나는 가만히 메시지 창을 닫고 컴퓨터 전원을 끄고는 이불을 뒤집어썼다.

'이제 「X」도 그만둬야 하는 걸까?'

☆

어느덧 「X」를 통해 만난 사람도 오십 명에 달했다. 별문제 없이 헤어진 사람 중에도 '여자를 만나고 싶으니까 신청해봐야지. 실은 책 따위 아무 관심도 없지만'이라고 생각한 사람도 있을 것이다. 처음에 만났던 두 명도 그런 느낌이었다. 그렇게 생각하니 갑자기 공허함이 밀려왔다.

하지만……. 그런 생각은 곧바로 지워버렸다. 공허하다
는 것과는 조금 다르다. 가령 흑심이 있다고 해서 그게 뭐
어때서? 그게 누군가에게 "내가 피해자예요"라고 말하며 불
만을 터뜨릴 만한 일일까? 자유로운 만남의 장에서 남녀 간
의 무언가가 있을지도 모른다고 기대하면 안 되는 것일까?
물론 그렇다고 포르노 소설을 보내도 좋다는 것은 아니지
만, 그 사람 말고 다른 사람들은 그런 터무니없는 짓을 하지
않았다. 게다가 결국 나 또한 수수께끼로 가득한 수행을 위
해 「X」를 이용하는 처지 아닌가.

어디까지나 책을 고르는 일은 내가 하고 싶어서 하는
것이다. 책을 목적으로 하지 않는다고 해서 불평을 터뜨릴
처지가 아닌 것이다. 그렇게 마음을 고쳐먹었다.

그리고 애초에 책, 책, 책만 말하는 나는 도대체 뭘까?
책의 친선 대사라도 되는 건가?

이렇게까지 자문자답하다 보니 이런저런 것들은 아무
래도 좋다고 생각하게 되었다. 크게 숨을 몰아 쉬었다.

'당신을 위해서 진지하게 책을 소개해주고 있는데!'같
이 불합리한 감정에 사로잡히지 않도록 조심하자. 책은 나
에게 흥미를 느끼게 하는 계기가 되어주면 그걸로 족하다.
딱히 책을 읽지 않아도 된다. 그저 나에게 수행의 기회를 주

었다는 점에 감사하자. 그 이상도 이하도 아닌 것이다.

☆

앞으로 어찌하면 좋을지, 남편과 대화하는 것도 위태롭기는 마찬가지였다. 전보다 더 결정적으로 어긋나고 있었다.

한 달에 한 번씩 만나서 식사하는 시간도 점점 더 버거워졌다. 의미도 없는 잡담은 그만두고 진지하게 앞으로의일에 대해 대화를 시도해보았지만 역시 감정적인 발언밖에나오지 않았다.

"결국 본인에 관한 이야기뿐이네. 나는 어떤 기분일지생각해본 적 있어?"

내가 날카로운 말투로 내뱉자 남편은 인정이라도 하듯움츠러들어서 대화가 멈췄다. 그리고 그 말의 화살은 같은세기로 나에게 꽂혔다. 그렇게 대단한 척 떠들 만큼 나는 이사람의 기분을 생각한 적이 있었나? 오히려 도망만 치고 있는 것은 아닐까.

나에게 후지사와 씨를 욕할 자격이 있었을까.

줄곧 함께 있었는데도 상대방 안에 '내'가 없고 내 안에도 '상대'가 없다. 부부도 이러는데 도대체 누구와 함께라면 제대로 된 관계를 쌓을 수 있는 걸까. 다른 사람들은 어떻게 해나가고 있는 걸까.

☆

「X」에 접속하는 빈도가 조금씩 줄었다.

후지사와 씨와의 사건이 충격적이었기 때문만은 아니다. 누군가를 만나 책을 소개하는 일에 익숙해지면서 언제부턴가 같은 일을 반복하고 있을 뿐이라는 생각이 들었기 때문이다.

만난 사람의 수가 늘어나는 것도 즐거워서 '100명 돌파'를 목표로 삼아볼까도 생각해봤지만, 기록을 달성하기 위해 무리해서 사람을 만나는 것도 뭔가 아닌 것 같았다.

「X」로 만난 사람이나 T를 통해 알게 된 친구, 지인의 모임에 얼굴을 내밀게 되면서 거의 모든 휴일에 일정이 가득 차게 되었다. 당시엔 무거운 몸을 겨우 일으켜 이직 활동도 시작한 참이었다. 다만 흥미를 느낄 만한 구인 광고는 발견하지 못했다.

대형 서점의 경력직 채용 모집 공고는 전혀 눈에 띄지 않았다. 출판사의 영업이나 편집 분야는 어디든 경력자를 찾을 뿐이었다. 현재 직장으로 '소매점 점장'을 체크하면 '추천 구인'으로 체인 음식점의 점장 자리만 떠올랐다. 그러나 나는 책과 관계없는 일에는 도무지 관심을 느끼지 못했다.

☆

엔도 씨와는 그 후에도 가끔 차를 마시거나 쉬는 날에 시부야나 신주쿠에서 밥을 먹는 사이가 되었다.

처음 만났을 때 연애로 발전할지 모른다고 생각했던 것이 바보같이 느껴질 정도로, '또 보고 싶다', '지금 뭐 해?' 같은 연애 직전의 분위기는 전혀 느낄 수 없었다.

게다가 엔도 씨가 보내는 답변은 언제나 한 줄뿐이었다. 그렇다고 딱히 나를 피하는 것은 아닌 듯 "언제 한번 밥 먹으러 안 갈래?"라고 메시지를 보내면 "그래! 언제가 좋아?"라고 역시 한 줄뿐인 답이 돌아왔다.

다른 사람에게는 고민을 털어놓고 상담하는 것이 불편했지만 왜인지 엔도 씨에게는 솔직하게 생각나는 대로 말할 수 있었다.

"역시 서점이나 책에 관한 일을 하고 싶어. 그런데 서점이 지금 엄청 불황이거든. 목 좋은 개인 서점 같은 곳은 물론이고, 대형 서점조차 망해가는 중이야. 애초에 단가가 싼 데다가 이익률도 낮으니 돈을 벌기가 쉽지 않아. 그래서인지 평범한 서점 중에서는 딱히 이직할 만한 곳이 없네."

"음, 나도 그다지 서점에 안 가니까……. 전자책으로 안 나오는 책 중에 꼭 읽고 싶은 책은 종이책으로 사기도 하지만 그럴 때도 어떤 책을 살지는 이미 정해져 있어서 그냥 인터넷으로 사거든. 종이책은 짐이 되니까 편의점에서 만화책을 사서 볼 때도 다 본 후에는 지하철 선반에 놓고 내릴 정도야. 그런데 서점이라는 것이 필요할까? 뭐 때문에 있는 거지?"

"뭐 때문일까. 음, 그러게. 서점이라는 것이 왜 있을까."

"꼭 종이책이어야만 하는 거야?"

"아니, 웹이어도 상관없어. 인터넷 서점처럼 블로그나 웹사이트를 통해서 책을 소개하고 아마존 링크를 넣어서, 어필리에이트affiliate 맞나? 그런 광고 같은 것을 붙여보는 편이 좋으려나?"

"아니, 그런데 책 광고의 클릭 수입이라고 해봐야 3퍼센트 정도밖에 안 될걸. 그 정도로는 생활할 수 없지. 1천 엔짜리 책을 한 권 팔면 30엔. 가령 한 달에 30만 엔이 필요하다 치면 한 달에 1만 권? 그거 꽤 어려운 수치거든. 여기에 뭔가 더하는 것이 좋을 듯한데. 뭐가 있을까. 에로? 아이돌? 흠, 딱히 떠오르는 것이 없네."

엔도 씨는 이런 이야기를 주고받아도 분위기를 어둡게 만들지 않으면서 즐겁게 고민해주는 사람이었다.

"다른 것과 조합해야 하나. 지금 새로 생기는 서점은 음료수나 잡화, 이벤트를 곁들이는 패턴이 대부분이기는 해. 역시 나 혼자 하는 것이라면 서점에 가벼운 술집을 더한 듯한 가게를 하는 편이 좋지 않을까 싶기는 한데."

"그렇구나. 괜찮지 않을까? 역시 이런 건 수입이 받쳐줘야 하니까. 예를 들어 가게 임대료가 20만 엔 정도, 사는 집 세가 최대한 싸게 6만 엔 정도라고 치자고. 3천 엔짜리 손님이 열 명 와서 하루 매상이 3만 엔 정도라면 매월 매출이 90만 엔? 그래도 정기 휴일 같은 것이 필요하니까 아무래도 조금 적어지겠지. 처음부터 매일 3만 엔을 벌기도 쉽지 않을 테고. 술이나 음식의 원가와 책 매입비 같은 것도 고려하면. 음, 잘 모르겠네. 손에 쥐는 돈이 있을까.

'책방 술집'은 특이하니까 운 좋으면 잡지 같은 곳에 실리거나 화제가 될 수도 있겠지만, 결국 잡지를 보고 흥미를 느껴서 방문하는 사람 중에서 책을 좋아해서 매일 찾아오는 손님은 별로 없겠지. 대부분 뜨내기손님일 거야. 의지할 수 있는 것은 근처에 사는 사람이나 가게에 오기 편한 거리에 사는 사람으로 한정되지 않을까? 그러면 결국 책 이야기는 그다지 못 나눌 테고. 생활해나가기 위해 어쩔 수 없이 매출을 키우고 돈을 벌게 되는 삶이 이어지면 결국 '이건 뭔가 잘못되었어!' 하는 느낌이 들 거야. 그러지 않을까?"

이런 식으로 그는 스스로 독립해서 생계를 꾸려가는 사람답게 상당히 알기 쉬운 이미지로 상상의 폭을 넓혀주었다.

"음, 듣고 보니 실제로도 그럴 것 같아. 그럼 어떡하지?"

"나야 뭐, 서점에 관해서는 잘 모르니까. 가게를 어떤 식으로 차리는 편이 좋을지 모르겠지만 결국 어떻게든 되지 않을까?"

엔도 씨가 밝은 얼굴로 나를 쳐다본다.

"아, 뭐야, 그 성의 없는 발언은."

"아니, 「X」에서도 콘셉트를 만들어서 성공시키고 있잖아. 그 이전까지는 페이스북도 이용해보지 않았다면서. 자기 나름대로 어떻게 하면 인기를 끌 수 있을지 고민해서 꽤 제대로 해내고 있으니까. 나나코 씨의 서비스를 이용한 후의 만족도도 높고 말이지. 그런 걸 스스로 만들어냈으니까 앞으로 독립해서도 어떻게든 잘 풀리지 않을까?"

"내가 「X」에서 어느 정도 자리를 잡은 건 주변 사람들이 조언해주고 궤도도 수정해줘서야."

"독립하면 그런 사람이 더 많이 생길 거야! 게다가 누군가가 조언했어도 실제로 그 조언에 따라 움직인 건 나나코 씨잖아. 분명 회사에 다닐 때보다는 어려운 점이 많겠지만 사람들이 여러모로 도와줄 거야."

"흠. 그런데 「X」는 무료니까 조금 다르지. 엔도 씨는 제대로 된 시장에서 영상제작이라는 가치가 있는 것을 손에 쥐고 있잖아."

내가 이런저런 반론을 펼치자 엔도 씨는 한쪽 볼을 들썩거리며 이렇게 말했다.

"나나코 씨도 「X」를 하고 있으니 만난 적 있을지 모르지만, 어느 업계든 컨설턴트나 어드바이저 같은 수상한 명함을 가지고 다니며 학교나 기업에서 대단치도 않은 이야기를 5만 엔, 10만 엔씩 받고 떠들어대는 놈들이 있어. 서점이 어떤지는 모르겠지만, 그런 느낌으로 무언가의 어드바이저 같은 것을 하면 그럭저럭 돈을 벌 수 있지 않을까?"

내가 그런 일을 뻔뻔하게 해낼 수 있는 사람처럼 보였다면 그건 그것대로 기쁘지만 어쩐지 마음이 복잡해졌다.

"그런 건 싫어. 그렇게 알맹이 없는 일로 돈이나 버는 염치없는 어른은 되고 싶지 않아!"

중학생 수준의 사고방식이라는 생각이 들어서 부끄러웠기에 농담을 섞어 외쳤다.

"나나코 씨는 일에서 뭐가 중요하다고 생각하는데?"

"좀 더 마음이 담긴……."

역시 스스로 말하면서도 부끄러워서 웃음이 터져 나왔다.

"그럼 마음이 담긴 어드바이스를 하면 되겠네!"

엔도 씨의 조언은 어디까지가 농담이고, 어디까지가 진담인지 알 수 없었다. 하지만 대화를 나누다 보니 조금씩 마음이 가벼워졌다. 빌리지 뱅가드에 계속 남는 것만이 유일한 선택지는 아니라는 것을 느낄 수 있었다.

그래서 일단 업무와 관련된 출판사 사람들한테 닥치는 대로 "실은 이직할까 하는데요. 어디 사람 구하는 곳 없나요?"라고 질문을 던지기 시작했다. 그리고 이야기가 무겁게 끝나지 않도록,

"사실 요즘 이래저래 일도 잘 안 돼서요. 얼마 전부터 만남 사이트에서 사람을 만나서 책을 소개하는 이상한 활동을 하고 있거든요"라며 덩달아 「X」에 관해 말해버렸다. 그러면 대부분 "그게 뭐예요? 만남 사이트라니!"라며 흥미

진진해했다.

'뭐야 이렇게 아무 데서나 말해도 상관없는 거였구나.' 안도감이 물밀듯이 밀려왔다. 만남 사이트를 통해 책을 소개하고 있다는 말을 하게 되면서 예상한 것보다 재미있게 생각해주는 사람이 많아서 기뻤다.

물론 대부분은 웃기도 하고 놀라기도 하면서 가벼운 말을 건넸다.

"그거 괜찮은 거예요?"

"이상한 사람은 없나요?"

"무서운 사람도 있으니까 주의하세요."

확실히 일리 있는 의견이라 나도 상식 선에서 답했다.

"응, 응. 괜찮아요. 조언 고마워요."

하지만 종종 끈덕질 정도로 귀찮게 구는 사람도 있었는데 대부분 중년 이상의 남성으로 내용도 거의 똑같았다.

"그래도 메시지를 주고받는 정도라면 모르겠지만 실제로 만나는 것은 위험하지 않아?"

"보통 카페처럼 사람이 많은 곳에서 만나니까 별일은 생기지 않아요."

"그래도 뒤를 밟는다거나 집까지 쫓아오는 사람도 있을 수 있잖아."

"그렇게 되면야 무섭겠지만 그런 위험은 평범하게 살 때도 마찬가지거든요."

"뭐, 친절하게 대해주는 사람도 있겠지만 어떤 놈이건 흑심은 있는 법이니까! 조심하는 편이 좋을 거야."

어느 정도까지는 억지로 웃으며 대응해도 이쯤에 이르면 나도 얼굴을 찌푸릴 수밖에 없었다. 그들은 내가 기분 나빠한다고는 생각지도 못한 채 위험성을 깨우쳐주었다고 기뻐하곤 했다. 자기가 나보다 이 세상에 대해 더 잘 안다고 멋대로 생각하면서.

물론 그들의 말대로 많은 남성들이 꿍꿍이속을 감추고 있는지도 모른다. 그중 일부는 직접 그 마음을 들이댄다. 또 그중 일부는 처음에 만났던 도야 씨나 고지 씨처럼 "섹스할 가능성이 없다면 당신을 만날 의미가 없다"라고 아무렇지 않게 말한다. 하지만 대부분의 사람은 그런 마음을 품더라도 마음 한편에 묻어두고 자연스레 친구가 되거나 신뢰 관계를 쌓도록 노력한다.

만남에 익숙하지 않은 중년 남성들은 '알지 못하는 여자와 만난다'가 '섹스할 수 있을 가능성'으로 직결되므로 그 외의 발상을 못 하는 것이다. 「X」에서 내가 지금껏 봐온 세계를 보여주고 싶었다. 모르는 남녀가 일대일로 만나도 섹스에 관해서만이 아니라 평범한 이야기를 나눌 수 있고 서로가 서로에게 상냥하게 대할 수 있는 법이다. 나는 최근 몇 달간 그것을 내 몸으로 직접 체험했다. 좋은 쪽이든, 나쁜 쪽이든.

예를 들어 이런 사람들에게 후지사와 씨의 에피소드를 말하면 "거봐, 역시 그런 일이 생긴다니까" 하며 기쁜 듯 "내가 말한 대로지"라고 생각할지 모른다. 그래도 그런 위험을 안고 있기에 오히려 재미있는 체험을 할 수 있다. 빈곤한 상상력에 더해 TV나 인터넷으로 얻은 정보만 가지고 예단하는 '만남 사이트의 위험성'이나 '남자의 속셈'도 이 세상에는 분명 존재한다. 하지만 나는 지금까지 「X」를 통해 전혀 모르는 사람을 만나 구원받았고 그날들은 너무나도 눈부셨다. **그래서 그런 부적절한 조언은 그야말로 땅바닥에 떨어져 있는 먼지처럼 아무래도 좋았다.**

그런 식으로 귀찮게 구는 아저씨들의 반응을 제외하면 「X」에 관해 말한 것이 결과적으로 좋은 결과만 불러왔다. 여기저기서 나를 특이한 서점 직원이라고 인지하기 시작했기 때문이다.

"다음번에 ○○ 씨와 같이 술을 마시기로 했는데 괜찮

으면 같이 가실래요? ○○ 씨도 서점에서 일하는데 엄청 재미있는 분이거든요. 가게에서 독자적으로 페어를 열거나 무가지를 만들기도 하고. 분명 나나코 씨와도 잘 맞을 거예요!"

이런 식으로 모임에 초대받거나 사람을 소개받는 일이 늘었다. 평범하지 않은 활동을 하다 보면 내가 있는 장소는 달라지지 않더라도 거기에서 새로운 만남이 생기기도 한다.

나는 빌리지 뱅가드와 서점 탐방이라는 좁은 세계에서 벗어나고 싶다고 생각해서 「X」라는 세계에 발을 들였다. 그런데 문을 조금 열어보니 가깝고도 먼 곳에 이미 '서점원 월드'라고 부를 법한 다른 세계가 있었다. 그 세계에도 한 발 디뎌보면 모두가 개성이 넘치고 진지하게 책을 팔고자 애쓰고 있었다. 다들 같은 고민과 같은 희망을 품고서 살았던 것이다. 뭐야, 동지가 이렇게나 가까운 곳에 있었던 거야? 그렇다면 진작 알려주지 그랬어.

그들 중 많은 수가 내가 과거에 경원시하던 SNS를 통해 회사라는 장벽을 넘어서 서로 연결되어 있었다. 그곳을 더듬어보니 멋진 일을 하는 사람은 물론 존경할 만한 사람이 얼마든지 있었다.

새로운 세계로 향하는 문이 또 하나 늘어난 것이다.

제6장

세상에서 가장
만나고 싶은 사람

★

　실제로 오십 명이나 되는 낯선 사람과 대면 승부(일대일로 대화하기)를 반복하다 보니 처음 수행 목적(?)이었던 '모르는 사람에게 책을 추천하는 일'에는 매우 능숙해졌다. 다만 '부작용'도 상당해서 '모르는 사람과 대화하기' 자체의 벽이 점점 낮아져 거의 제로에 가까워졌다.

　이 무렵 태어나서 처음으로 '미팅'이라는 것을 경험했다. 상대 남성들의 신사적인 행동이 흥미로웠고 미팅 특유의 방식에 감동하는 등 좋은 경험을 했지만, 솔직히 말해 다수 대 다수로 대화하는 것은 너무 미적지근했다. 그동안 사람을 대할 때의 전투력이 너무 강해진 탓이리라.

학창 시절 어떤 동아리의 소속이었는지 맞히는 퀴즈 따위는 아무래도 좋았다. '더 깊이 파고들고 싶어!'라는 마음이 가득 차서 '일대일이었다면 이래저래 대화를 이끌었을 텐데' 하는 아쉬움이 남았다. 그래도 이 평화로운 분위기를 깨고 싶지는 않아서 싱글벙글 웃으며 대화를 듣거나 적당한 수준으로 맞장구를 칠 수밖에 없었다. 결국 미팅이란 이런 것이라는 정도만 배우고 헤어졌다.

신주쿠 역 남쪽 출구에서 웃는 얼굴로 헤어진 후 혼자가 되자 지금 지나가는, 조금 괜찮아 보이는 사람에게 말을 걸어 차라도 같이 마시자고 하는 것이 미팅보다 더 생산적이지 않을까 하는 생각이 들었다.

물론 많은 이가 그러지 않는 이유는 잘 알고 있다. 그렇게 지나가는 사람에게 말을 걸어도 '뭐야, 이 사람. 전도? 다단계? 신종 유흥업? 꽃뱀? 혹은 색정광? 그것도 아니면 조금 다른 장르의 위험한 사람?'이라고 생각될 뿐이다. 애초에 발길을 멈춰 세우는 것도 어렵고. 하지만 '실제로 해보면 생각보다 잘 먹히는 것 아니야?'라고 생각할 만큼 긴장이라는 나사가 풀려 있었다.

그런 상황에 빠진 내가 처음으로 나서서 친해지고자 노

력한 사람이 바로 구로이와 씨다. 그는 우연히 참가한, 오십 명 정도가 모인 이벤트의 주최자였다. 구로이와 씨는 모임의 분위기를 편안하게 유지해나갔다. IT 계열인데도 특유의 건들거림 없이 차분한 분위기를 풍겼고, 어딘지 유머가 담긴 구김살 없는 화법이 멋지다고 생각했다. 그렇다고 해도 내가 먼저 다가가기에는 너무 유명해서 구름 위의 존재처럼 멀게만 느껴졌다. 구로이와 씨는 가끔 「X」에서 토크를 등록해 이름 정도는 알고 있었지만, 직접 만나보니 '이런 사람이었구나' 하고 새삼 놀랐다.

내가 구름 위에 사는 사람과 친해질 수 있을지 알 수 없지만 그렇게 되면 재미있을 것이다.

이벤트 종료 후 환담 시간에도 그는 계속 많은 사람에게 둘러싸여 있었다. 그러다가 잠깐 틈이 빈 사이를 노려서 그에게 다가갔다.

"처음 왔는데 사람이 엄청 많네요."

"덕분에요. 감사합니다."

"저는 「X」에서 만난 지인에게 듣고 오늘 처음 왔어요. 구로이와 씨도 가끔 「X」를 이용하시죠? 만나고 싶다고 생각했는데 시간이 맞지 않아서."

"아, 그러세요? 저는 그렇게까지는 열심히 안 해요.

아, 어떤 이름으로 활동하세요?"

"나나코예요."

"그렇군요. 한번 볼게요."

"매번 만나는 사람들에게 어울릴 것 같은 책을 추천하고 있어요."

"오, 그게 뭔가요? 재미있어 보이네요!"

얼굴에 머금은 저 미소가 진심에서 우러나온 것인지, 그저 사교적인 겉치레인지 알 수 없지만 우선 나를 기억해줄 것 같았다. 모임이 끝난 후 페이스북에서도 친구가 되었고, 그의 게시글을 보다가 본업과는 별도로 '동정童貞에 관한 주제로 블로그에 글을 올리고 있다는 사실도 알게 되었다. 가벼운 내용으로 재미있게 읽을 수 있는 글이었는데, 역시 센스 있는 사람은 무엇을 하든 센스가 있구나, 하는 생각에 나도 모르게 한숨이 나왔다.

순수하게 블로그가 재미있기도 했지만 내심 그와의 관계를 진전시키고 싶다는 마음도 있어서 블로그를 읽은 후 장문의 감상 메일을 보냈다.

그 후 구로이와 씨에게서 온 답변은 호의적이었다.

"감상문을 보내줘서 고마워요! 이상한 내용뿐이라 그다지 감상을 들려주는 사람이 없었거든요. 역시 서점에서 일하는 분이라 그런지 문장이 좋고, 제가 칭찬을 받고 있는데도 나나코 씨의 말에 설득당할 정도였어요. 「X」에서 나나코 씨의 페이지를 살펴봤는데 꽤 자주 이용하시는 것 같네요. 언젠가 기회가 되면 제게도 책을 한 권 추천해주세요."

나도 그 분위기를 이어받아서 답장을 보냈다.

"지금 책을 추천하는 수행 중이니까 괜찮으시면 꼭 한번 기회를 주세요. 구로이와 씨가 등록하신 토크를 보니 보통 화요일 오후 2시쯤 다카다노바바에서 미팅을 여시던데 저는 그 시간에는 어렵지만 다음 주라면 수요일과 금요일이 휴일이거든요. 시부야, 신주쿠라면 나갈 수 있어요. 낮이든 저녁이든 상관없습니다."

실제로 나를 만날 마음이 없다면 가볍게 거절할 수 있을 정도의 초대였다. 그러자 그가 곧바로 답장을 보내왔다.

"그럼 수요일 저녁 6시에 신주쿠는 어떠세요? 그날 그 시간 이후에는 일정이 없거든요."

아, 이건 그야말로 함께 식사할 수 있는 최고의 패턴이잖아! 이처럼 나는 역으로 헌팅을 받아내는 기술을 몸으로 익혀갔다.

그렇다고 해도 연애나 섹스를 목적으로 은밀히 접근하는 것이 아니라, 그저 내가 괜찮다고 생각하는 사람과 친해지고자 적극적으로 노력하는 것뿐이지만.

「X」를 통해 사람을 만나는 것과 비슷하면서도 조금 다른 패턴이었기에 만나면 무슨 이야기를 하면 좋을까 걱정이 되었다. 하지만 막상 만나고 보니 구로이와 씨는 워낙 대화가 능숙하고 리액션도 좋아서 함께 할수록 재미있는 사람이었다. 구로이와 씨가 운영하는 블로그 이야기부터, 동정인 사람이 가진 능력에 관해 이야기가 이어지다가, 동정만화의 금자탑이라고도 할 수 있는 아라이 히데키新井英樹의 『미야모토로부터 너에게宮本から君へ』 이야기로 분위기가 달아올랐다. 구로이와 씨가 모른다고 해서 출간된 지 얼마 안 된 시부야 조카쿠渋谷直角의 『카페에서 자주 들려오는 J-POP의 보사노바 커버를 부르는 여자의 일생ヵフェでよくかかっている J-POPのボサノヴァカバーを歌う女の一生』을 강력히 추천하기도 하고, 반대로 구로이와 씨가 내게 'AV 업계에서 동정 캐릭터를 취급하는 방법의 변천' 같은 것을 들려주기도 했다.

"그럼 또 추천할 만한 책이 있으면 꼭 알려주세요!" 구로이와 씨는 가벼운 말투로 그렇게 말하며 자리를 떴다. 무척이나 즐거운 밤이었다.

그를 만나기 전까지는 '이상한 사람이라고 생각하면 어

쩌지?' 하고 불안했는데 만나보니 그런 걱정은 할 필요가 없었다. 자유로운 사람들의 세계에서는 이런 일도 일상다반사인 걸까? 아니면 구로이와 씨가 그런 캐릭터일 뿐인 걸까?

어느 쪽이든,「X」라는 세계에서 벗어나더라도「X」와 같은 방식으로 부담 없이 누군가와 친해질 수 있다는 사실이 든든했다.「X」의 규칙을 다른 곳에도 적용해본다면 이 세상은 '이 사람과 대화하고 싶다' 버튼을 클릭하고 싶은 사람으로 가득 찰 것이다.

더욱 기세가 오른 나는 구로이와 씨의 친구이기도 한 사쿠마 씨에게도 느닷없이 메시지를 보냈다. 평소 즐겨 보던 웹 미디어에서 기사를 쓰는 사람으로, 어느 날 페이스북에서 댓글로 구로이와 씨와 즐겁게 대화를 나누는 걸 목격하게 되었다. 역 헌팅이 처음도 아니기에, 잘 모르는 사람이지만 딱히 고민하지 않고 가볍게 말을 걸어보았다.

"갑작스레 메시지를 보내서 죄송해요! 블로그 기사는 매번 잘 보고 있습니다. 저는 빌리지 뱅가드에서 점장을 맡고 있는데, 얼마 전부터「X」라는 사이트를 이용해 모르는 사람을 만나 그 사람에게 어울릴 것 같은 책을 추천하고 있거든요. 요전번에 구로이와 씨와도 대화를 나눴는데, 구로이와 씨의 페이스북에서 사쿠마 씨의 댓글을 보고 반가워 저도 모르게 메시지를 남기게 되었네요. ○○ 사이트에 사쿠마 씨가 쓰시는 기사를 전부터 좋아했거든요. (……) 괜찮으시면 언제 한번 차 한잔하지 않으실래요? 원하지 않으실지도 모르지만, 어떤 책을 읽고 싶은지 여쭤본 후에 책을 한 권 추천하고 싶습니다.”

이런 느낌의 메시지였다. 나를 경계하더라도 어쩔 수 없다. 그저 바빠서 시간을 내기 어려울지도 모른다. 그래서 답장이 없더라도 상관없다는 마음이었다. 하지만 ‘딱히 만날 수 없어도 상관없어요’라는 의도가 전달된 덕분인지 그에게서 가벼운 답변이 왔다.

“메시지를 보내주셔서 감사해요! 책 추천, 꼭 한번 부탁해요~! 화요일이나 금요일 점심과 저녁 사이에 취재만 없으면 대개는 비어 있습니다! 나나코 씨는 어디에 사시나요?”

그렇게 놀랄 정도로 매끄럽게 이야기가 진행되어 이틀 후에 나카노에 있는 카페에서 둘이 만났다. 사쿠마 씨는 「X」를 이용하는 사람이 아니었다. 이 말은 곧 내가 「X」라는 세계에서 완전히 벗어나 현실 세계의 모든 곳을 헌팅 필드로 여긴다는 뜻이다. 책을 추천하는 기술은 그야말로 헌팅 무기로 삼을 만큼 훌륭히 발전한 상태였다. 그런데 이렇게 사용해도 좋은 것일까?

"책을 추천하는 수행이라니 정말 멋지네요! 재미있는 사람이 있었나요?"

"흠, 만나고 나서 몇 달 후에 저랑 그 사람이 주인공인 포르노 소설을 보낸 사람이 최고였죠."

"우하하, 엄청 재미있네요!"

오랜 시간 블로그와 인터넷 기사를 애독한 독자로서 동경하던 세계의 사람과 평범하게 대화를 나누고 있는 것이 믿기지 않았다. 그리고 포르노 소설을 받았던 순간에는 엄청나게 충격을 받았지만 시간이 지나니 하나의 특이한 에피소드로 이야기할 만큼 편해진 나를 느끼게 되었다.

그러고 보니 제일 처음 만난 도야 씨가 그 후에도 정기적으로 "오랜만이에요~", "남자 친구 생겼나요?", "잘 지내요? 고기라도 먹으러 안 갈래요?", "여름이네요! 바쁘신가요?" 등등 완전히 무시하는데도 자동 전송 봇bot처럼 메시지를 보내오던 기억이 났다.

"그러고 보니 이런 사람도 있어요."

"뭐야, 이 사람 엄청나게 근성 있네요! 하하하. 나나코 씨가 철저하게 무시하는 것도 재미있고요!"

사쿠마 씨에게 메신저 화면을 보여주자 그는 껄껄 웃어

댔다. 다양한 경험과 사례는 이렇게 웃을 수 있는 계기가 되어주었다. 지금에 와서는 그 당시 느꼈던 불쾌한 감정도 전혀 남아 있지 않다.

사쿠마 씨는 본인 스스로는 그렇게 재미있는 문장을 쓰면서도 책은 거의 읽지 않는다고 했다.

"뭐라고 할까, 종이책은 에세이라도 내용이 엄청나게 늘어지잖아요? 저는 웹의 속도에 익숙해서인지 책을 읽기 힘들어요."

이런 말을 하는 사쿠마 씨에게 잘 맞을지 확신은 서지 않지만 세키시로せきしろ와 마타요시 나오키又吉直樹의 공저이자 자유율 하이쿠하이쿠의 정형률인 5·7·5에 얽매이지 않는 음률을 사용한 하이쿠 시집인『굴튀김이 없다면 오지 않았다カキフライが無いなら来なかった』를 추천했다. 책에서 풍기는 하위문화 분위기는 사쿠마 씨가 쓰고 있는 블로그와도 가까워 보였고, 무엇보다도 하이쿠 시집이기에 캐치프레이즈처럼 한 문장에 담긴 비장함과 유머를 맛볼 수 있었다. 이 책이 독서에 대한 거부감을 쫓아주고, 종이책에 대한 인상을 긍정적으로 만들어주기를 바라는 마음을 담았다.

이런 식으로 계속해서 모르는 사람과 친해질 수 있다

면, 그야말로 누구와도 친구가 될 수 있지 않을까? 물론 연예인이나 작가처럼 팬이 많은 사람은 어렵겠지만 나 또한 아이돌이나 개그맨과 닥치는 대로 친해지고 싶은 것은 아니다. 누가 되었든 이유를 전하며 진심으로 만나고자 한다면 실은 그렇게 불가능한 일이 아닐지도 모른다.

그렇다면? 누구든 만날 수 있다면? 누구와도 친해질 수 있다면? **내가 세상에서 가장 만나고 싶은 사람은 누구일까?**

놀이처럼 머릿속에 떠오른 질문에 별다른 고민 없이 답이 나왔다.

내가 만나고 싶은 사람은 세상에서 가장 좋아하는 서점, '가케쇼보ガヶ書房'를 운영하는 야마시타 씨였다.

☆

가케쇼보는 이십 대 중반에 홀로 교토를 여행하면서 처음 만났다.

번잡한 관광지를 벗어나 시영 버스를 타고 간 사쿄구의 한구석, 관광객은 단 한 명도 오지 않을 법한 평범한 공간에 서점이 고즈넉이 자리 잡고 있었다. 고즈넉하다고 하면 차분한 분위기에, 쉽게 눈에 띄지 않는 가게라고 생각하겠지만 꼭 그렇지는 않았다. 가게는 한눈에 알아볼 수 있었다. 가게 이름이기도 한 '가케崖, '절벽'을 뜻한다'를 모방한 건지 외벽이 울퉁불퉁한 바위로 만들어져 있었기 때문이다. 무엇보다 절벽 모양의 외벽에 자동차의 앞부분이 절반 가까이 튀어나와 있는 것이 이 가게의 트레이드마크였다.

두근거리는 마음으로 문을 열고 서점에 들어서자 어두운 조명에, 거무칙칙한 나무를 기조로 한 실내장식이 눈에 들어왔다. 어디서도 들어본 적 없는 신비로운 어쿠스틱 음악이 울려 퍼졌다.

내가 좋아하는 하위문화 분위기가 물씬 풍기는 곳이었다. 당시 일하기 시작했던 빌리지 뱅가드와는 다르게 고급스러움과 고요함이 깃들어 있어서 감동적이었다. 지금껏 본 적도 없는 소규모 출판사의 책이나 마이너한 문화 잡지가 한 권 한 권 반짝이며 정성스레 놓여져 있었다. 빌리지 뱅가드를 통해 하위문화 자체에는 익숙해져 있었지만 이곳에서 손에 쥔 책은 무엇이든 특별해 보였다. 마치 마법에 걸린 것처럼 빠져들었다.

너무 흥분한 나머지, 서점 안을 몇 바퀴나 돌았다. 한 켠에 의자와 어쿠스틱 기타가 놓여 있고 "자유롭게 연주하세요"라는 종이가 붙어 있어 나도 모르게 웃음이 나왔다. 안

쪽에 자리한 책장의 옆면에는 "소풍 갔을 때에 관하여, 5학년 야마시타 겐지"라는 작품도 붙어 있었다. 이 글은 가게의 점주분이 쓴 것일까. 일견 누구나 쓸 수 있는 어린아이의 평범한 작문이지만 어딘가 깊은 의미가 담긴 듯도 보였다.

이 글은 어떤 의미로 붙여놓았을까? 이해하기는 쉽지 않지만, 이런 식으로 사람을 궁금하게 만드는 잔재미가 곳곳에 자리하고 있었다. 게다가 육안으로는 보이지 않는 은근한 광기가 서점 안에 흩뿌려져 있었다. 나는 그런 독특한 공기의 포로가 되었다.

무언가와 닮았다. 열아홉 살 무렵, 처음 빌리지 뱅가드에 가서 느낀 충격과 닮았다. 빌리지 뱅가드는 자기주장이 너무 강해서 일단 좋다고 생각한 책은 산처럼 쌓아두고 POP 광고를 덕지덕지 붙였다. 그렇게 과할 정도로 고객에게 호소하는 방식이 주를 이뤘는데, 이곳에서는 완전히 다른 방식으로 책의 좋은 점을 전하는 것이 나에게 큰 자극이 되었다. 이유는 알 수 없었지만 책의 선정, 배열, 분위기, 그 모든 것이 '나를 위해 있는 것'처럼 느껴졌다. 몇 시간이든 머무를 수 있을 것만 같았고 머무르면 머무를수록 손에 들고 있는 책이 늘어나서 마지막에는 여행 중이라고는 생각지 못할 만큼 많은 책을 사고 말았다.

그 후에도 몇 번이고(그렇다고는 하더라도 먼 곳이었으니 일 년에 한두 번쯤에 불과했지만) 가케쇼보를 찾게 되었다. 언제 가도 질리거나 실망스럽지 않았다. 오히려 확신이 강해질 뿐이었다. 애타게 그리워하던 그대로의, 이상과도 같은 형태가 그곳에 있어서 결여된 나의 어떤 부분을 가케쇼보의 공기가 채워주는 것 같았다. 언제든 이곳에 오면 나는 제로로 돌아갈 수 있다. 가케쇼보는 점점 내 핵심과 같은 존재가 되어갔다. 그것은 동경하는 마음이기도 했고 거의 연애와 비슷한 느낌이기도 했다.

이런 감정은 그저 기분 탓일까. 나는 빌리지 뱅가드에 입사할 때까지 서점을 많이 다니지는 않았기에 다른 서점을 보더라도 이 정도의 감동을 받지 않을까, 의심이 들었다. 그래서 그것을 입증하기 위해 도쿄나 교토에 있는 유명 셀렉트 서점을 방문해보았다. 어떤 가게이든 멋지고 좋았지만 이렇게 궁지에 몰린 기분으로 맹렬히 떠오르는 감정과는 달랐다. 억지스러운 주장이 아니라 가케쇼보만이 너무나도 특별하게 느껴졌다.

도중에 빌리지 뱅가드의 교토 지점으로 전근하게 되어 교토에서 일 년 반쯤 살았을 때는 가케쇼보에 자주 갈 수 있어서 기뻤다.

어째서 이렇게까지 내 마음을 찌르는 걸까. 어째서 매번 이렇게까지 마음을 파고드는 걸까. 서점의 존재 자체가 마음의 지주가 되었다.

하지만 가게에서 일하는 분에게 "좋은 서점이네요" 같은 말은 도저히 건넬 수 없었다. 본래 내성적인 성격이어서 쉽게 긴장하기도 했고 애초에 직원과 대화를 나눈다는 발상 자체를 하지 못했다.

'어떤 사람이 점장일까, 이 사람일까, 아니면 저 사람?' 갈 때마다 생각했다. 그러다가 어느 잡지 인터뷰에서 사진을 발견하고는 마치 영화감독이나 작가에 관한 기사라도 읽듯이 "이 사람이 점장이구나. 야마시타 씨라는 분이네"라고 가슴에 새기게 되었다. 그것만으로 충분했다.

하지만 이렇게 '누구라도 만날 수 있다면 가장 만나고 싶은 사람은?'이라는 질문에 '가케쇼보 점장'이라고 답해버린 이상, 갑작스런 최종 보스와의 전투를 벌일 때가 다가온 것이다.

마음을 다잡고 야마시타 씨에게 메일을 보내기로 했다.

우선 자기소개와 함께 나는 가케쇼보의 팬이고 줄곧 방문해왔다는 점, 갑작스러운 부탁이지만 한번 만나고 싶고 삼십 분이어도 좋으니까 대화를 나눌 수 있으면 기쁠 것 같다는 내용을 적었다.

처음으로 가케쇼보에 갔던 경험, 그곳에서 받은 충격, 시간이 지나도 좋아하는 마음이 변하지 않았다는 점, 단순히 마음에 드는 정도가 아니고 특별한 감정을 품고 있다는 점까지 전했다.

하지만 쓰면 쓸수록 말이 피상적으로 변해서 어딘가에서 들어본 듯한 평범한 글이 되었다. 글은 내 마음을 제대로 담아내지 못했다. 어째서 진짜로 좋아하는 것에는 이토록 표현이 서툰 것일까. 그런 나 자신이 정말이지 싫었다.

구로이와 씨나 사쿠마 씨를 포함해서 지금까지 만난 사람들과는 잘 안 풀리더라도 별로 상관없다는 가벼운 마음이었다. 실패하더라도 잃는 것은 없어서 대담하게 행동할 수 있었다.

하지만 가케쇼보는 줄곧 내 안에서 나침반처럼 소중히 여겨온 곳이다. 야마시타 씨에게 위험한 사람이라고 여겨져 가케쇼보와 멀어진다면 너무 괴로울 것 같았다. 하지만 내 마음은 이미 여기까지 와버렸다. 야마시타 씨와는 대화를 나눌 기회가 전혀 없었기에 부자연스럽더라도 이렇게 다가가는 방식 외에는 달리 방법이 없다. 무수히 넘쳐나는 가케쇼보의 팬 취급을 당해도 좋고, 머리가 이상한 사람이라고 생각해도 별수 없다. 이 마음을 전하는 것이 끝이더라도 어쩔 수 없다고 각오하는 수밖에.

단번에 승부를 보고 싶었고 답답하게 대화를 끌고 싶지 않았다.

"다음 달 20일, 21일에 마침 교토를 여행할 예정인데 혹시 폐가 되지 않는다면 만나뵐 수 있을까요? 제멋대로 하는 부탁이니 바쁘시면 거절하셔도 괜찮고 답변을 안 주셔도 좋습니다. 만약에 만나뵐 수 있다면 연락주세요."

이 말을 마지막에 덧붙여 메일을 보냈다.

물론 교토로 여행을 갈 예정 따위는 없었다. 허락을 받는다면 그때 계획을 세우기로 했다. 이렇게 날짜를 지정하지 않으면 '그럼 다음에 언제 한번 뵈어요'라고 흐지부지될 것이 분명하기 때문이다. 하지만 왜 하필 그날이냐고 묻는다면 바로 내 생일이었기 때문이다. 내 멋대로 야마시타 씨와의 만남을 자신에게 주는 생일 선물로 생각했다.

그렇게 메일을 보내고 난 뒤, 일련의 과정을 다시 떠올리는 것만으로도 부끄러워서 죽고 싶어졌다. 하지만 메일은 이미 보내졌고 없던 일로 만들 수도 없다.

그리고 한 달 후 저녁 7시.

나는 교토에서 야마시타 씨를 만났다.

야마시타 씨가 자주 찾는다는 작은 가게는 세련된 동시에 분위기가 무겁지 않아 마음을 편안하게 해주었다. 가게에서 일하는 사람의 체온이 느껴진다는 점에서 어딘지 가케쇼보와도 닮아 있었다.

너무 긴장한 나머지 목구멍과 혀와 턱이 입안에서 서로 들러붙은 기분이었다.

만약 야마시타 씨가 "그래서 무슨 용건이신가요?" 하고 물으면 "아니, 사실 특별한 용무는 딱히 없어요. 죄송해요"라고 말할 수밖에 없었다.

하지만 상냥한 야마시타 씨는 마치 우리가 이야기를 나누는 것이 당연한 것처럼 평범하게 대화를 시작했다.

"하나다 씨는 빌리지 뱅가드에서 계속 일해오셨군요. 메일에 쓰여 있었는데 교토에서도 근무하셨다고요. 언제쯤이었나요?"

그의 그런 말이 무척이나 고마웠다.

처음에는 내 자신이 기분 나쁜 녹색 끈끈이 괴물이 되어 야마시타 씨 앞에 앉아 있는 것 같아서 견딜 수 없었다.

얼굴에서 땀이 부글부글 흘러넘쳤다. 하지만 대화를 나누는 동안 점점 땅에 다리가 닿았고 호흡도 편안해져 나 자신으로 돌아올 수 있었다. 그렇게 되자 말하고 싶은 것은 물론, 묻고 싶은 것도 너무 많아서 영원히 대화를 나눌 수 있을 것만 같았다.

내가 차분해진 것을 보고는 야마시타 씨도 "○○ 책은 잘 팔리나요? 우리 가게에서도 잘 팔리거든요. 나는 전혀 좋아하지 않지만"과 같이 의외의 속마음을 내비치기도 하고, 어린 시절 이야기나 에로물 편집자였다는 것, 가케쇼보를 시작했을 무렵의 일화를 들려주기도 했다. 나는 어느새 마음이 놓여 마음껏 웃고 있었다.

화장실에 갔다 오는 길에 손을 씻다가 거울 너머로 익숙한 내 얼굴과 눈길이 마주쳤다. 지금 이 상황이 기쁘다기보다는 신기하기만 했다. 마치 처음 보는 생물과 눈이 맞은 것처럼 전혀 알지 못하는 어딘가 먼 곳에 와버린 기분이었다.

야마시타 씨는 최근 유행하는 새하얀 표지에 소소한 일상을 예찬하는 책에 관해, 셀렉트숍이라고 불리는 서점의 존재 방식에 관해, 서점이 책을 고르는 방법에 관해 어떤 것이든 괘념치 않고 이야기를 들려주었다. 내가 야마시타 씨가 고른 책과 공간이 좋다고 말하자, "가게의 책은 제 취향으로 고르는 것이 아니에요. 제 취향이 아니라 손님들의 취향이죠"라고 말했다. 그리고 고객과 가게의 관계성에 대해서도 이야기해주었다.

"그렇다고 해도 손님들은 야마시타 씨가 고른 책이라고 생각해서 사고 싶어 하는 것이 아닐까요?"

야마시타 씨가 말하는 뜻을 모르는 건 아니지만 그럴지라도 그 서점은 역시 야마시타 씨 자체다. 아직 물어보고 싶은 것이 많았다. 그보다 이런 이야기를 대등한 입장에서 나눌 수 있다는 사실이 믿기지 않았다.

순식간에 폐점 시각인 밤 11시가 되었다. 가게에는 이미 우리밖에 남아 있지 않았다.

그런데도 야마시타 씨는 마지막까지 "이제 슬슬 갈까요?"라고 말하지 않았다. 나도 너무 아쉬워서 언제까지고 그 말을 입 밖으로 꺼내지 못하고 있었다.

야마시타 씨는 돌아가지 않기로 마음먹은 사람처럼 미동도 하지 않은 채 "그래서, 그리고 말이에요"라며 어린 자식이 조잘대는 이야기를 계속 들어주는 아버지처럼 있었다.

야마시타 씨는 퇴근 후 일단 집에 들렀다가 자전거로 여기에 왔다고 했다. 그가 집으로 돌아가는 길에 내 숙소가 있었기에 자전거를 끌면서 나를 바래다주었다. 그렇게 숙소 앞에서 인사를 나누고 헤어져서는, 멀어지는 야마시타 씨의 자전거를 배웅했다.

침대에 누웠지만 잠이 오지 않아 한참 동안 천장을 바라보았다. 그제야 나를 엄습한, 크게 외치고 싶을 정도의 행복감을 음미할 수 있었다. 깨닫고 보니 이불을 엄청난 힘으로 움켜쥐고 있었다.

'이렇게 대단한 일도 생기는구나.'

십자말풀이를 할 때 단 하나의 해답이 연속적으로 모든 해답을 불러오는 것처럼, 이 자그마한 밤은 내 인생을 송두리째 결정지었다.

풀고 나니 알겠다. 내가 사로잡혀 있던 보편적인 의제(예를 들어 '독신과 결혼 중 어느 쪽이 좋은 걸까? 아이를 낳아야 할까, 낳지 말아야 할까?'와 같은 애초의 물음)가 내 인생에서 중요하지 않다는 것을. 이런 물음을 마주할 때면 언제나 내 윤곽은 희미해지고 제대로 답하지 못해 한심스러운 기분이 들었다. 그 모든 게 내가 못나서라고 생각했다. 하지만 그날 밤 바로 그때, 내 윤곽은 전기가 통할 정도로 또렷하게 빛을 발하고 있었다.

이제 평범한 행복은 필요 없다. 연애도, 결혼도 필요 없다. 돈도, 안정도 필요 없다. 그 무엇도 필요 없다. 그저 오늘 본 빛만을 믿고 살아가자.

내가 바라는 행복이 무엇인지 확실히 알게 된 밤이었다.

제7장

책을

추천한다는 것

★

어느새 겨울이 다가오고 있다.

　요코하마 역에서 도보 십 분 거리, 고요한 주택가 막다른 곳에 극히 평범한 2층 민가가 있다. 오래된 집을 세련되게 개조한 곳이 아닌 지극히 촌스러운 느낌이 드는, 친구의 고향집 같은 곳. 그곳이 찻집 '헤소마가리 へそまがり, '심술쟁이'를 의미한다'다.

　코워킹 스페이스 T에는 변함없이 자주 방문하고 있었다. 어느 날 T에 헤소마가리의 점주가 들렀고 이야기를 들어보니 그도 빌리지 뱅가드의 점장이었던 적이 있다고 했다. 그렇게 알게 된 것을 계기로 가끔 헤소마가리에도 놀러 가게 되었다.

헤소마가리는 「X」에서 만난 IT 업계 사람들 특유의 자유로운 분위기와도, 재미있는 서점 사람들의 분위기와도 다른 독자적인 드림랜드를 가지고 있었다. 가게의 메인은 낡은 방석이 깔린 다다미방으로, 벽을 따라서 만화책으로 가득한 책장이 놓여 있었다. 그 많은 만화책이 모두 간장에 졸인 듯한 색을 띠고 있었는데 손으로 쓴 POP가 붙어 있어서 어떤 책이든 흥미를 불러일으켰다. 그중 전부터 읽고 싶었던 오래된 만화를 찾으면 괜스레 기뻤다.

이곳에서는 만화에 몰두해도 좋고 패미컴닌텐도에서 1983년에 발매한 구형 게임기으로 게임을 해도 좋다. 술을 마시고 정신없이 취해도 좋고, 점주나 다른 손님과 떠들어도 좋다. 누군가 기타를 퉁기며 라이브 공연을 할 때도 많았다. 고객들은 대부분 가난뱅이이자 사회에 적응하지 못한 사람들로, 오래된 책과 조용히 중얼거리는 듯한 음악을 사랑하는 사람들뿐이었다.

꿈처럼 편안한 장소였다. '엉망진창인 인간은 엉망진창인 채로 살아도 좋다'라고 긍정해주는, 마치 내가 입사했을 무렵의 빌리지 뱅가드와 같은 공기가 흘러넘쳤다.

어느 날의 일이다. "다음번에 이곳에서 이벤트를 열까 하는데 나나코 씨도 참가할래요?"라고 점주가 말을 걸어 왔다.

"최근에 읽고 싶은 책이 없어서요. 그래서 모두에게 책을 추천받으려고요. 누가 가장 읽고 싶은 책을 추천하는지 겨루는 저에 의한, 저를 위한 이벤트라고 할까요?"

"재미있겠네요! 저도 참가하고 싶어요!"

참가자는 나를 포함해서 네 명. 하쿠라쿠에서 헌책방을 운영하는 트위드 씨. 서점에서 일하면서 문예 동인지를 만드는 손튼 씨. 그리고 그 무렵 헤소마가리 2층에서 얹혀살던 신지 군이다.

느슨한 비블리오 배틀biblio battle, 참가자들이 모여서 각자 자신이 읽은 책의 매력과 감상을 소개하고, 가장 많은 표를 받은 사람이 승리하는 대회 같은 형식으로 점주 외에 몇 명인가 단골손님들도 보러 왔다.

나는 이럴 때 써먹으려고 아껴둔 특별한 두 권으로 승부를 보고자 했다.

"첫 번째는 이겁니다. 라타우트 라푸차른사푸Rattawut Lap-charoensap라는 태국 작가가 쓴 『관광Sightseeing』이라는 책입니다."

내용의 뛰어남은 물론이고 흥미를 불러일으키기에 충분한 책이었다. 우선 태국인이 쓴 작품이라는 점이 특이한 데다가 작가가 작품을 쓴 후 행방불명된 에피소드도 있어서 이목을 끌었다.

"이 책은 태국이 무대인데 빈곤한 생활을 하는 사람들의 일상을 있는 그대로 담은, 정말 아름다운 단편소설집입니다. 애처로운 이야기도 많지만 그래도 현명하게 현재를 살아가는 사람들의 반짝거리는 모습이 담겨 있어 선명한 희망이 마음에 남는 작품이에요. 유명한 작품은 아니지만 해외 문학을 좋아하는 사람들에게는 상당히 좋은 평가를 받고 있습니다. 해외 문학 특유의 번역 투가 별로인 사람도 이 책이라면 큰 거부감 없이 읽을 수 있을 거예요."

모두가 관심을 보이면서 내가 가져간 책을 살피기 시작했다.

"아, 이런 책이 있는지는 몰랐네요."

"재미있어 보여요."

책을 들여다보는 사람들에게 결정타를 날리듯 나는 "특히 이「카페 라브리에서」라는 작품은 사춘기 형제가 사창가 같은 곳에 처음으로 갔는데 동생이 너무 무서워서 울어젖히는 바람에 형도 미수로 끝나버리고 결국 둘이 오토바이를 타고 돌아오는 이야기로, 애달픔과 아름다움이 엄청나거든요. 아, 마지막에 있는「투계사鬪鷄師」라는 이야기도 정말 좋은데요……"라며 책에 관해 이것저것 설명했다.

　"두 번째는 이겁니다. 이것은 명작이라고 할까, 꽤 괴작_{怪作}이에요. 현대 미술가인 아이다 마코토_{슢田誠}의『청춘과 변태_{靑春と変態}』라는 소설입니다."

　『관광』과는 달리 호불호가 꽤 갈릴 것 같지만 이 장소라면 괜찮지 않을까.

　"이 책에는 저자인 아이다 씨의 실화일지도 모른다고 생각할 만한 장치들이 있어요. 고등학생 시절 다녀온 스키 합숙에 대해 일기를 적어나가는 형식으로 되어 있는데요. 어떤 밝은 연애라도 한 방에 날려버릴 만한 스카톨로지_{scatology, 분변음욕증} 기호라고 할까, 사랑하는 상대가 배설하는 모습을 들여다보고 싶어 하는 욕망이 적혀 있습니다. 저는 이런 성적 취향에는 흥미를 느끼지 못했는데요. 그래서 '아, 기분 나빠'라는 생각이 들 때마다 그만 읽고 싶어졌지만, 왠지 모르게 밝고 즐거운 부분도 있어서 결국 책장을 계속 넘기게 되었어요. 그러다 보니 너무 재미있는 거예요. 마지막에는 미스터리처럼 반전도 있고요. 일반 소설에서는 절대로 맛볼 수 없는, 남에게 말하기 어려운 감동도 있습니다. 아이다 씨는 이전에 〈천재라서 미안합니다〉라는 제목으로 개인전을 개최한 적이 있는데 말 그대로 정말 천재라고밖에 할 수 없는, 엄청나게 재미있는 유일무이한 책입니다!"

기쁘게도 이 책에는 점주도 상당히 관심을 보였다.

다른 사람들도 각각 점주가 좋아할 법한 책을 열정적으로 소개했다.

사사이 히로유키笹井宏之의 『영원을 푸는 힘ぇーえんとくちから』과 같은 가집이나, 크래프트에빙 상회クラフトエヴィング商会가 신기한 가공의 세계를 그린 『클라우드·콜렉터クラウド·コレクター』, 『노스승과 소년老師と少年』이라는 철학서, 『신과 나눈 이야기A Conversation with God』라는 종교서 등 후보에 오른 책들의 장르가 다양해서 듣는 것만으로도 즐거웠다. 다들 빠져들 것 같은 열기로 책을 소개했다. 말치레가 아닌 진심으로, 어느 책이건 곧바로 읽어보고 싶었다. 모두가 같은 느낌을 받지 않았을까.

모두 프레젠테이션을 마친 결과, 내가 추천한 『청춘과 변태』가 헤소마가리 점주의 '읽고 싶은 책 그랑프리'에 당당히 선정되었다. 이벤트는 그렇게 끝이 났지만 그 후에도 모두가 함께 모여 즐겁게 이야기를 나누었다.

"정말로 재미있었어요. 추천하는 책을 듣는 것은 역시 즐겁네요."

"이런 비슷한 이벤트를 또 열고 싶어요."

"그럼 오늘 같은 느낌으로 손님들을 불러서 그 사람의 독서 취향이나 고민을 듣고 다 같이 합세해 책을 추천하는 이벤트를 여는 것은 어떨까요?"

내가 제안하자 오늘 참가한 손튼 씨와 트위드 씨가 찬성했다.

"할 수 있을까요? 재미있을 것 같긴 한데."

"마침 가게에 고타쓰숯불이나 전기 등 열원 위에 나무틀을 얹고 이불을 덮을 수 있는 난방 기구가 있으니까 고타쓰 세 방향에 저희가 앉고 손님으로 오는 사람을 마지막 자리에 앉혀서."

"한 명씩 순서대로 부르는 느낌이네요. 의사처럼 카르테 같은 것을 만들어도 재미있겠는데요!"

그런 식으로 대화가 고조되어, 말을 꺼낸 내가 주최자가 되어 이벤트를 열기로 했다. 늘 어울리는 무리 안에서 이루어지는 것이라고는 해도 돈을 받고 손님을 부르는 것이다. 일 년 전의 나로서는 전혀 상상도 못한 일이다.

'잘 해낼 수 있을까. 과연 손님이 와줄까. 이곳을 자주 찾는 개성 강한 사람들이 만족할 만한 책을 소개할 수 있을까.'

불안감도 없지 않았지만 고타쓰에서 삼대일로 책을 소개하는 이벤트 같은 건 어디에서도 본 적이 없었다. 상상만으로도 가슴이 두근거렸다.

찻집에 포스터를 붙이고 블로그를 통해 이벤트를 알리자 단골손님과 T의 친구 몇 명이 참가하고 싶다고 해서 한시름 놓았다. 손님이 한 명도 오지 않을까 봐 걱정했기 때문에 "갈게"라고 사전에 말해준 사람들이 정말로 고마웠다.

　이벤트 전날 밤의 일이다.
　휴대전화에 아버지에게서 온 부재중 전화가 찍혀 있었다. 가슴이 두방망이질했다. 아버지와는 평소 짧은 문자로 대화를 나눌 뿐 거의 통화를 하지 않는다. 나는 당황해서 바로 전화를 걸었다.
　"아, 나나코? 고마워, 전화 걸어줘서. 있잖아……, 좀 아까 할아버지가 돌아가셨어."
　"아……. 그렇구나."
　할아버지의 몸 상태가 좋지 않다는 것은 알고 있었다. 일주일 전쯤 병문안을 갔을 때도 계속 주무시고 계셔서 대화를 나누지 못했다. 말은 못 하더라도 주변에서 하는 이야기가 들릴 수도 있다고 하기에 최대한 큰소리로 "할아버지, 조만간 또 술 마시러 가요!"라고 말하고 돌아온 것이 마지막이었다.
　"그래서 내일 경야經夜, 장사를 지내기 전에 주변 사람들이 죽은 사람 곁에서 밤새도록 지키는 일를 하기로 했어. 집에 올 수 있니?"

"내일……. 내일은 그게, 조금 할 일이 있어서, 아, 어쩌지."

'할아버지의 경야' 앞에서 '이벤트'라는, 밝고 엉뚱한 단어를 도저히 입에 담을 수 없었다. 하지만 '조금 할 일이 있어서'라고 말하는 것도 있을 수 없는 일이다. 아주 먼 곳도 아니고 전철로 한 시간 정도면 닿는 거리인데.

아버지는 이미 포기한 건지, 아니면 말문이 막힌 건지, "그래, 뭐 알아서 해라"라고 말하고 전화를 끊었다.

마음의 정리도 되지 않은 채로 함께 이벤트를 열기로 한 두 사람에게 메시지를 보냈다.

"사실은 오늘 할아버지가 돌아가셔서 내일 경야를 치르기로 했어요. 어쩌죠? 연기해야 할까요? 그래도 와준다고 한 사람도 있는데 미룰 수도 없고……."

그러자 두 사람에게서 지극히 다정한 대답이 돌아왔다.

"어떻게 하든 우리는 상관없어요. 미루더라도 나나코 씨의 사정을 알아줄 테고, 다음번에 해도 다시 와줄 거예요. 무리하지 말고 나나코 씨 마음 가는 대로 정하세요."

"만약 연기하거나 취소해도 참가 희망자에게는 개별적으로 연락할 수 있으니까 걱정하지 마세요. 그렇게까지 큰 폐가 되지는 않을 거예요."

마음이 담긴 말에 눈물이 날 것 같았다. 일단 침대에 누웠지만 잠이 오지 않았다. 파자마를 입은 채로 코트만 걸치고 밖으로 나갔다.

집에서 미나토미라이 방면으로 향하는 길은 언젠가 영화에서 본 세기말의 거리 같아서 좋아하는 산책길이다. 여기저기 잡초가 피어난 공터가 있고, 고속도로가 낮은 곳을 몇 겹이나 교차한다. 빈터 사이사이에 우두커니 서 있는 역사驛舍와 고층 빌딩만이 묘하게 미래에서 온 듯한 느낌을 주었다. 인기척도 없는 차가운 공간을 목적도 없이 걸어나갔다.

나는 할아버지를 정말 좋아했다. 모든 면에서 성실한 부모님 슬하에서 자란 나는 집안 분위기에 잘 적응하지 못했다. 유일하게 할아버지만이 같은 불성실파의 아군이었다. 할아버지는 술을 매우 좋아했다. 대학생 시절엔 집에 돌아오는 막차 안에서 둘 다 술에 취한 채로 마주치곤 했다. 다른 가족들은 이런 우리를 보면서 어이없어했다.

"저 두 사람은 왜 매일같이 막차로 돌아오는 걸까. 저렇게 싸돌아다니는 게 뭐가 재미있다고."

어른이 된 후에는 할아버지와 같이 외출할 일이 없었다. 그러다 보니 막차에서 만나 역에서 집까지 공범자가 된 기분으로 걸었던 시간은 그야말로 신기하고도 온화한 추억으로 남았다.

할아버지는 아사쿠사에 있는 노포老鋪 '가미야 바'의 단골이었다. 그곳에서 당신의 얼굴과 이름을 기억해준다는 점을 자랑스러워했다. 그런 할아버지에게 어릴 때부터 수백 번이나 들었던 이야기가 "나나코가 어른이 되면 나나코의 남자 친구와 셋이서 가미야 바에 술을 마시러 가고 싶구나. 그래도 어른이 되면 이런 할아버지랑 술을 마시는 것은 싫다고 하겠지"였다. 그때마다 "그런 말씀 하지 마세요. 스무 살이 되면 꼭 데려가주세요. 남자 친구를 소개할 테니"라고 나도 수백 번 반복해서 대답했다.

언제든 할 수 있는 일은 뒤로 미루게 된다. 하지만 이 일만큼은 빠른 시기에 실현할 수 있었다. 그때의 남자 친구와는 오래전에 헤어졌지만 셋이 함께 바에 갔던 날은 정말로 좋은 추억으로 남아 있다. 만약 그 약속을 지키지 못했더라면 평생 후회했겠지. 그래도 조금 더, 단둘이서라도 더 많은 시간을 보냈으면 좋았을 텐데.

그렇게 생각하자, 할아버지가 더는 세상에 없다는 슬픔이 새삼 가슴에 치밀어 올랐다.

이벤트를 그대로 진행해야 할까, 아니면 그만둬야 할까. 경야에 가지 않아도 괜찮을까. 할아버지가 떠나는 길을 곁에서 지키지 않은 걸 나중에 후회하지는 않을까.

고민에 고민을 거듭한 후 이벤트를 예정대로 진행하기로 결심했다.

불성실파 동료였던 할아버지가 마지막으로 "둘 중 하나를 골라야 할 때는 자유로운 삶의 방식을 고르렴"이라는 메시지를 보내준 것이라고 내 멋대로 생각하기로 했다. 할아버지라면 경야를 빠지고 첫 이벤트를 진행하도록 나의 등을 밀어줄 것이다. 틀림없다. 할아버지의 경야에 참석하지 않는 선택을 할 수 있다면, 그보다 못한 선택지가 내 앞에 놓일 때 망설이지 않고 자유로운 삶의 방식을 선택할 수 있으리라.

치매를 앓은 할아버지는 기억을 하지 못할 수도 있지만 우리는 자유 동맹을 맺은 동지니까. 할아버지, 미안하지만 할아버지의 죽음을 넘어서 **나는 내 길을 갈게요.**

다음 날 아침, 창문을 열자 하늘이 유난히 맑았다.

"역시 예정대로 진행할게요. 소란을 피워서 죄송했습니다."

메신저로 두 명에게 그렇게 선언하자 미련이 사라지고 마음이 맑게 개었다. 이걸로 되었다. 이것이 정답이다. 아니, 정답으로 만들자. 반드시 즐거운 이벤트로 만들고 말겠어. 도미노가 차례차례 쓰러지는 듯 마침내 각오가 섰다.

'자유롭게 산다'라는 결의를 굳히고 임하게 된, 인생 처음으로 주최하는 이벤트는 그렇게 개막의 문을 열었다.

좁은 민가 안에 많은 사람들이 모여 있었다. 아는 사람도 있지만 처음 보는 사람도 있었다. '재미있을 것 같다'며 꼭 한번 책을 소개받고 싶다는 마음으로 이곳까지 발걸음을 옮겨준 사람들이다.

다들 알아서 고타쓰에 들어가 맥주를 마시거나, 주변 사람과 대화를 나누고 있었다. 주최자로서 손님들의 목소리에 지지 않을 만큼 큰소리로 개회를 선언했다.

"오늘 이렇게 모여주셔서 감사합니다! 그럼 지금부터 이벤트를 시작할게요! 많은 분이 와주셔서 한 사람당 시간은 십 분씩 진행하겠습니다! 그럼 여러분! 한 분이 끝나면 다음 차례를 부를 테니 이쪽에 있는 고타쓰로 와주세요!"

「X」에서 만난 사람 중에는 평소 책을 거의 읽지 않는 사람이 많았다. 하지만 헤소마가리의 단골들은 본래 책과 만화를 즐기는 데다가 좋아하는 장르만 파고들어 그 취향 또한 분명했다. 한참 대화를 나눈 후 덤으로 책을 소개하는 형식이 아니라 처음부터 책에 관해 이야기를 나누었기에 그 농도와 속도감은 「X」의 그것과 비교가 되지 않았다.

첫 번째 사람은 유카 씨라는 열아홉 살 대학생이었다.

"이런 책을 읽고 싶다, 뭐 그런 게 있나요?"

"아, 그게…… 사랑이란 뭘까요?"

예상치 못한 질문에 순간 동요해버린 우리.

"평소에는 어떤 책을 읽으시나요?"

"흠, 글쎄요. 미시마 유키오三島由紀夫의 소설을 좋아해요. 요전번 수업에서 오사키 미도리尾崎翠의 『제7관계방황第七官界彷徨』에 관해 이야기했어요. 그래서 '사랑이란 무엇일까'가 계속 마음에 걸렸거든요. 교수님이 '여기에 나오는 사람들은 사랑 그 자체를 사랑하는 사람들의 이야기다'라고 말씀하셔서요."

"……혹시 본인의 상황에 빗댄 고민인가요?"

"네. 엄청 좋아하는 사람이 있거든요."

우리는 또다시 동요하고 말았다.

"제가 좋아하는 A 씨는 B 씨라는 여성분을 좋아하고, B 씨는 따로 사귀는 남자 친구가 있어요. 그래서 내심 잘될지도 모른다고 생각했지만, B 씨가 남자 친구와 헤어져서 A 씨와 사귄다고 하더라고요. 그래서 저는 A 씨와 B 씨의 연애를 응원하는 처지에 놓이게 되었는데, 결국 B 씨가 A 씨를 차버리고 다시 전 남자 친구한테 돌아갔대요. 그래서 A 씨가 정신적인 충격을 받은 상태예요."

내가 도화선에 불을 붙였다.

"그럼 구리타 유키栗田有起의 『바느질녀 테루미お縫い子テルミー』를 추천하고 싶어요. 최고의 짝사랑 소설이거든요. 여장女裝한 가수를 향해 이뤄지지 않는 사랑을 하는데 그 사람을 자기 것으로 만들겠다는 마음을 먹는 것이 아니라, 그 사람에게 부끄럽지 않은 자신으로 살아가고자 스스로 일어서게 된다는 이야기예요. 그 사람이 아름답게 살아가는 것이 자신에게 살아가는 버팀목이 되어준다는 스토리죠."

"읽어볼게요!"

해냈다! 1점 획득! 아, 딱히 점수를 매기는 것은 아니지만.

"저는 남자의 마음을 알 수 있는 책을 추천하고 싶네요. 모리미 도미히코의 『밤은 짧아 걸어 아가씨야』나 무라카미

류의 『69』, 히가시노 게이고의 『그 무렵 우리는 바보였습니다ぁの頃ぼくらはアホでした』 같은 책을 보면 남자도 여자에 관해 잘 몰라서 엄청나게 고민한다는 걸 알 수 있을 거예요.”

손튼 씨의 말을 듣고 나도 새로이 덧붙였다.

“짝사랑이라 하면 니시 가나코西加奈子의 『하얀 증표白いしるし』도 좋죠. 손이 닿지 않는 사람을 너무나 좋아해서 실연한 순간 새하얘진다고 할까. ‘이뤄지지 않는 사랑이란 이런 것이구나’를 무척 사실적으로 그린 책이에요.”

이어서 트위드 씨가 말했다.

“저는 아까 유카 씨가 한 말을 듣고 플라톤의 『향연』이 좋지 않을까 생각했어요. 이 책에는 사랑과 연애에 관해 지겨울 정도로 이야기하고 있거든요. 플라토닉 러브의 ‘플라토닉’도 플라톤에서 나온 말이죠.”

유카 씨는 고개를 끄덕이면서 답했다.

“아아, 사랑과 연애의 차이. 흠, 연애는 뭐고 사랑은 뭘까요.”

이런 식으로 즐겁고도 진지한 대화를 나누며 첫 십 분을 보냈다.

이어서 고타쓰에 들어온 사람은 이 찻집의 단골이기도

한 아사코. 모두에게 사랑받는, 그야말로 마스코트 격인 여성이다.

"모처럼 이런 자리에 참여했으니 그냥 딱 제 인상을 보고 '이거 읽어보세요' 하는 책이 있으면 듣고 싶어요."

"그런 책이라면 저도 들어보고 싶네요! 저한테도 누가 그렇게 추천해주었으면 좋겠어요."

셋이 입을 모아 외칠 정도로, 이런 즐거운 의뢰는 그야말로 이벤트 느낌이 나서 분위기가 달아오른다.

트위드 씨가 자신감을 듬뿍 담아 단언했다.

"제 첫인상은 오가와 요코!"

"아, 저도 동감요!"

나도 두 명을 따랐다.

"저는 다케다 유리코武田百合子가 좋지 않을까 생각해요. 프랑수아즈 사강이나. 다케다 유리코라면『후지 일기富士日記』부터 읽는 편이 좋고, 사강이라면 우선『슬픔이여 안녕』부터가 좋을 듯해요.『슬픔이여 안녕』에는 사춘기 특유의 쿨한 잔혹함 같은 것이 서려 있어서 일본 소설에서는 느끼기 어려운 분위기를 맛볼 수 있거든요."

"카페에서 이런 분위기를 풍기면서 사강을 읽으면 분명 인기 있을 거예요."

손튼 씨가 농을 치며 덧붙였다. 그러자 어느새 이야기가 샛길로 빠져서 '무슨 책을 읽으면 인기가 있을까?'로 이어졌지만 다행히 아사코도 대화를 즐기는 것 같았다.

"만화이긴 한데 다니카와 후미코谷川史子 같은 건 어떨까요? 단편이 많지만 어느 것이든 성인을 대상으로 한 작품이에요. 화려하긴 해도 건전하지만은 않은 연애를 그리거든요. 특히 개인적으로는 『적극積極』을 추천해요. 이 작품을 통해 제가 단가短歌를 좋아하게 되었거든요. 카페에서 읽어도 흐음, 인기 있지 않을까요?"

"네. 인기를 끌 수 있도록 이것저것 읽어볼게요. 후후후."

이렇게 그냥 흘러가는 대로 나누는 대화도 좋았다. 장소의 분위기 덕분이기도 하고 원래부터 알던 사람이라는 점도 도움이 되었다. 그리고 세 명이 함께하기 때문에 자신이 생각하는 사이에 다른 두 명이 대화를 이어받아줘서 좋았다. 뭐니 뭐니 해도 정보량 자체가 세 배인 점이 든든했다.

그다음 사람도 젊은 여자분이었다. 미노리라는 이름으로 친구를 따라왔다고 했다.

"다른 사람이 추천해준 책을 읽는 경우가 거의 없어서요. 다자이 오사무, 마치다 고, 니시무라 겐타를 좋아해서 빠져들듯 읽었는데 최근에는 그렇게 빠져서 읽은 작가가 없어요."

꽤 많은 책을 읽는 듯한 말투였다.

"그렇군요. 그럼 마이조 오타로는 어떤가요?"

트위드 씨가 말을 꺼냈다.

"아, 벌써 읽어봤어요. 좋긴 했는데."

틈을 두지 않고 나도 지원 사격을 했다. 잠시 나와 미노리 씨 사이에 탁구 같은 전개가 이어졌다.

"그럼 해외 문학은 어떤가요? 잭 케첨의 『이웃집 소녀』라는 책이 있거든요."

"아, 죄송해요. 그것도 이미 읽었어요."

"흠. 그럼 찰스 부코스키는요?"

"책을 들춰보긴 했는데 그 특유의 번역 투가 별로여서요."

"여성 작가는 어떤가요? 스즈키 이즈미鈴木いづみ 같은 작가요."

"좋아해요."

"그, 그럼 만화이긴 한데 최근 작가 중에 시무레 아루센史群アル仙이라는 사람이 있거든요."

"괜찮더라고요."

"오, 이미 아시는군요. 흠, 그럼 그건 어떨까요. 구루마타니 조키쓰車谷長吉의『아카메 48폭포 동반자살미수赤目四十八瀧心中未遂』."

"그것도 괜찮았어요."

"앗, 으음. 잠깐만요, 지금 찾아볼게요. 머릿속으로."

꺼내 들 수 있는 무기를 몽땅 썼는데도 처참하게 격침당했다. 나와 교대해서 다른 두 명이 싸움을 시작했다.

"요시다 도모코吉田知子는 아시나요?"

"아니요, 처음 들어봐요."

"취향에 맞을지도 모르겠네요. 최근 아이치 현의 작은 출판사에서 선집이 나왔거든요."

"맞아요. 마치다 고가 마지막에 해설이랄까, 작품에 대한 '질문'을 남기기도 했어요."

"그렇군요……. 그런데 제가 좋아하는 장르가 아니라 완전히 새로운 장르를 추천해주시는 것이 좋을지도 모르겠어요. 일본 SF 같은 것은 전혀 모르는 세계거든요. 서정적인 요소가 담겨 있으면 읽을 수 있을지도 몰라요."

"그렇다면 노자키 마도野崎まど라고 라이트 노벨 출신 작가가 있는데요.『2』라는 작품이 좋아요. '최고의 영화란 무엇인가'를 정의하기 위해 도전하는 듯한, 여러 장르가 뒤섞인 작품이에요."

분위기가 바뀌었기에 나도 마음을 다잡고 다시 한 번 도전했다.

"SF까지는 아니지만, 서정적이라는 단어에서 떠오른 것이 있어요. 가즈오 이시구로요."

"이름은 들어봤는데 아직 못 읽어봤어요."

"와, 드디어 모르는 것이 나왔네요! 『나를 보내지 마』는 꼭 읽어보세요. 전원이 기숙사 생활을 하는 학교 아이들을 그리고 있는데, 어딘지 모르게 불온함이 느껴지는 작품이 거든요. 미스터리처럼 '스포일러 금지' 같은 성격을 띠면서 도 마지막까지 읽었을 때 깊은 감동이 남는 작품이에요."

이렇듯 나도 겨우 그녀가 모르는 책을 한 권 소개할 수 있었다. 트위드 씨가 이어 말했다.

"호시 신이치나 히로세 다다시広瀬正는 어떤가요? 호시 신이치라면 엽편葉篇이라서 읽기 편하고, 장편이 좋으시면 히로세 다다시를 추천합니다. 앞으로 SF를 읽어보고자 하 는 분에게 추천할 만해요."

손튼 씨가 이어서 말했다.

"그리고 오모리 노조미大森望라는 분이 책임 편집을 맡 은 단편집 중에 《NOVA》라는 문고 시리즈가 열 권 정도 나와 있는데요. 좋은 작가가 많이 참여했으니 그중에서 또 마음에 드는 작가를 찾으실 수 있으면 좋겠네요."

"아아, 제가 모르는 세계가 많네요. 꼭 한번 읽어볼게요. 고맙습니다."

지옥 같은 십 분이었지만 어떻게든 헤쳐 나왔다.

그 후에도 비슷한 수준으로 우리를 곤란하게 만드는 사람이 많았다. 연간 오백 권 정도의 책을 읽는다는, 문학 연구가 같은 손튼 씨의 스승이 반 놀림조로 찾아오기도 했고, "언어학에 관한 재미있는 읽을거리를 소개해주세요"라거나 "로베르토 볼라뇨의 『2666』을 다 읽었는데 다음에는 뭐를 읽는 것이 좋을까요?"와 같은 극악 난도의 주제가 이어져서 숨이 거의 끊어질 지경이었다. 「X」에서 나눈 대화와는 비교가 안 될 만큼 "그 책은 이미 알고 있어요", "벌써 읽었어요", "그쪽 장르는 별로 안 좋아해서요" 같은 반격도 많았다. 한 사람이 침몰하면 그사이에 또 다른 사람이 열심히 책을 떠올려 "그럼 이 책은 어때요?"라고 말을 이어가는 일이 반복되었다. 세 사람이 겨우겨우 대화를 이어가기 급급한 순간도 많았다.

이렇게 어렵고 힘든 시간이었지만 그렇다고 해도 진짜

괴로움과는 달랐다. 공간의 분위기 때문인지 손님들과 시답잖은 대화를 나누거나 전혀 다른 이야기로 빠지거나, 다른 손님이 대화에 끼어들거나, 술을 한 잔씩 돌리는 사람이 나타나는 등 이벤트는 처음부터 끝까지 활기로 가득 찼다.

우리는 긴장까지 겹쳐서 평소보다 약간 달뜬 채로 세 시간 이상 떠들며 열다섯 명의 손님에게 책을 소개했다.

방문해준 모든 사람과의 대화가 끝난 후 이벤트 종료 선언과 함께 감사 인사를 전하자 좁은 찻집에 박수 소리가 울려 퍼졌다.

피로가 극에 달했다. 모든 것을 불태워버린, 마치 시합을 끝낸 『내일의 죠ぁしたのジョー, 복싱을 주제로 한 일본의 스포츠 만화』처럼 하얗게 재가 된 기분이었다. 옆으로 눈을 돌리자 다른 두 사람도 눈이 완전히 풀린 채 허공을 멍하니 바라보고 있었다. 둘 다 곧 죽을 것 같은 표정이었다.

이벤트 마지막까지 남아준 사람들을 출구에서 배웅했다. 그러다 미노리 씨가 눈에 들어와 나도 모르게 말을 걸었다. 한 권을 겨우 추천하긴 했지만 미노리 씨에게 도움이 될 만한 책을 소개하지 못한 것 같아서 마음에 걸렸다.

"미노리 씨, 책을 별로 추천 못 해드려서 죄송해요."

"아니에요. 오늘 정말로 즐거웠어요. 진짜 재미있었어요."

"그, 그래요? 하나도 도움이 못 된 것 같은데요."

"저는 책을 정말 좋아하거든요. 그런데 주변에는 알아주는 사람이 없어서요. 이렇게 많은 책 제목을 듣고, 잔뜩 이야기할 수 있었던 것이 처음이라 정말 기뻤어요."

생각지도 못한 감상이었다. 미노리 씨의 말은 오래도록 내 마음에 남았다.

책을 소개하고자 할 때는 책에 관한 지식은 물론 상대방을 분석해서 간파하는 힘이 필수다. 그래서 내가 가진 힘을 전부 짜내서 책을 소개해왔다. '지식은 없지만 열심히 하겠습니다'라는 것은 핑계일 뿐인 데다가 내 힘과 지식이 부족하다고 느껴져서 분하게 생각했던 것은 「X」에서도 한두 번이 아니었다.

그래도 지식이나 분석하는 힘만으로도 아직 무언가가 부족하다. 책을 추천하는 일이 그저 모르는 지식을 가르쳐주는 것이라고 한다면 나보다 지식이 많은 사람을 만나는 순간, 내 존재 가치가 하나도 남지 않게 된다. 내가 아니면 할 수 없는 일은 분명 그런 종류의 것이 아닐 것이다.

이 활동을 하면서 속칭 전문가들은 '어떻게' 책을 소개하는지 궁금해 잡지 서평도 찾아보았다. 그러다가 유명한 서점원이 책을 소개하는 페이지를 보고서 실망한 적이 있다. '○○만 부 돌파 베스트셀러'나 '○○상 수상'과 같이 책의 스펙만을 말하고, 내용에 대해서는 문고본의 표지나 아마존의 소개글에 쓰여 있는 형식적인 내용만 다루었다. 서평가의 독자적인 목소리도, 책의 매력에 관한 개인적인 생각도 전혀 담기지 않았다. 분명 월등한 수준의 지식을 보유하고 있을 텐데 의아하게만 느껴졌다. 이 글을 통해 정말로 누군가에게 책의 매력을 전할 수 있다고 생각한 걸까? 서평이 죽어 있다고 느꼈다.

이미 여러 차례 고민하던 것이 있다. 나는 「X」를 통해 여러 사람을 만나서 책을 소개해왔지만 그들은 결국 책을 읽지 않는 사람들이다. 수십 명이나 되는 사람을 만났지만 내가 추천한 책을 모두가 사서 읽는다고는 생각할 수 없었다. 절반이나 될까. 책을 읽지 않는 사람들에게는 나의 책소개가 아무런 도움이 되지 않은 게 아닐까?

나는 설사 책을 읽지 않더라도 내 소개와 추천한 책이 도움이 되기를 바랐다. 그래서 고안해낸 것이 '당신은 멋지다+이 책은 멋지다=멋진 당신이기에 이 멋진 책을 추천한다'는 작전이었다.

백화점이나 명품 매장에서 가장 눈에 띄는 위치에 아름답게 빛나는 드레스가 진열되어 있다고 치자. 그곳을 지나다가 그 드레스에 눈이 가서 '드레스가 참 예쁘다'라고 생각했을 때 함께 걷던 친구나 연인이 "너한테 잘 어울리겠다"라고 말해주면 굉장히 기쁘지 않을까? 그 자리에서는 부끄러워 "이렇게 비싼 옷은 입고 갈 데가 없어"라거나 "이 옷은 나한테 맞지도 않을 텐데"라고 말할지 몰라도, 그 사람이 나를 멋지다고 생각해서 건넨 말이기에 분명 행복한 기분이 들 것이다.

그 드레스를 입을 일이 없더라도 누군가로부터 "당신은 이 드레스가 어울릴 만큼 멋진 사람이야"라고 들었다면 그 드레스는 유리창 너머에 존재하는 것만으로도 나에게 가치를 부여해준다. 이 같은 것을 책으로도 할 수 있다면 좋겠다고 생각했다.

"대화를 하면서 ○○ 씨는 일을 통해 다른 사람을 행복하게 해줄 수 있는 사람, 부하나 손님을 위해 마음을 다해 생각하고 있는 힘껏 행동하는 사람이라는 것을 느꼈습니다. 그런 ○○ 씨에게 추천하고 싶은 책은 ○○으로, 분명 ○○ 씨가 일에 대해 고민하거나 괴롭다고 느낄 때 도움이 될 것입니다."

경험을 쌓아가는 와중에 이런 식으로 책을 소개하기에 이르렀다. 우선 그 사람의 매력에 대해 말한다. 그에게서 느낀 매력과 내가 소개할 책을 언어로 연결한다. 그 책이 그 사람에게 무엇을 가져다줄지를 전한다.

그렇게 하면 '아직 읽지 않은 책'도 그 사람의 미래를 위한 **부적과 같은 존재**가 된다. 꼭 사서 보지 않아도 좋고, 만약 사서 가끔이라도 들여다봐준다면 무척 기쁘리라.

'괴로워질 때 그 책을 읽으면 계속 멋진 나로 있게 해줄 것 같다'라고 그 사람이 마음 한편에서라도 생각해줄 때, 내가 책을 소개한 가치도 인정받을 수 있을 것이다.

긴장한 채로 계속 떠들다 보니 피곤하긴 해도 할 일은 충분히 해냈다는 생각이 들었다. 그리고 모르는 사람을 만나 책을 추천하는 활동은 이걸로 일단 끝내자고 자연스레 결심하게 되었다. 달리기에서 5킬로미터를 달렸으니 오늘은 그만 이걸로 끝내야지, 하고 생각할 때 느끼는 상쾌함과 닮았다. 어느 정도는 수행을 완수한 것으로도 볼 수 있지 않을까?

전에는 책을 추천하는 일이 그저 '책을 추천하는 것'이었을 뿐, 그 이상도 이하도 아니었다. 하지만 지금은 이미 그 의미가 달라져 있었다.

　나는 휴대전화의 홈 화면에서 「X」에 접속하는 단축 아이콘을 지워버렸다.

에필로그

계절은 돌고 돌아,
다시 시작과 끝

★

습관적으로 살피던 구직 사이트에서 어느 날 마음에 드는 모집 공고가 눈에 들어왔다. 새로 개점하는 복합형 대형 서점의 사원 모집 공고였다. '책과 사람을 연결하는 역할을 담당했으면 한다. 다양한 경험을 가진 사람을 채용하고 싶으니 서점에서 일한 경력이 없어도 괜찮다. 이력이 독특한 사람을 환영한다'라고 쓰여 있었다. 클릭해보니 상세 사항에도 '당신의 개성과 경험을 면접에서 꼭 들려주세요'라고 집요하게 적혀 있었다.

그렇게까지 말한다면야. 되면 좋고 안 되면 말고, 하는 심정으로 이력서의 자기소개란에 "만남 사이트를 통해 다양한 사람을 만나 대화를 나누고 그에게 어울리는 책을 추천하는 활동을 했습니다. 최근 일 년 사이에 70명 이상의 사람을 만나서 책을 소개했습니다"라고 적어서 보냈다. 사풍社風이 자유로워 보이니 이런 소개가 먹힐지도 모른다. 그런 기대와 함께 세상이 그리 만만하지 않으니 떨어질지도 모른다는 걱정이 공존했다.

이후 내가 낸 이력서는 문제없이 서류 전형을 통과해 면접을 보게 되었다.

1차 면접은 집단 면접이었다. 지원자가 세 명, 회사 측 면접관이 일곱 명인 대규모 면접이었다. 나는 가운데에 앉았는데 왼쪽 면접자는 전 구의회 의원, 오른쪽 면접자는 출판사 편집장을 한 적도 있는 사람으로 지금은 유명 뮤지션의 매니지먼트를 하고 있다고 했다. 대단한 사람들 사이에 끼고 말았다. 망했다. 이런 다양한 경험을 가진 사람들이 면접을 보러 오는 종류의 회사였던가. 그들과 비교하면 내 경력은 너무나도 평범했다. 나는 그만 자신감을 잃고 말았다.

내가 말할 순서가 되어 지망 동기와 함께 지금까지 해온 일에 대해 말했다. 마지막에 면접관에게 질문을 받았다.

"하나다 씨는 대학을 졸업한 후부터 십 년 이상을 빌리지 뱅가드 한 곳에서 일하신 건가요? 그런 곳을 나와 다른 곳에서 일하게 될지도 모르는데 하나다 씨의 현재 기분은 어떠신가요?"

현재의 기분이라⋯⋯. 그런 질문을 듣고 나도 내 마음속을 똑바로 들여다보았다.

"빌리지 뱅가드는⋯⋯." 목소리가 떨리고 말았다.

"아무것도 없던 저에게 일의 재미, 물건을 파는 즐거움, 동료와 힘을 합쳐 일하고 서로 지탱해주는 방법, 그 모든 것을 가르쳐준 장소입니다. 나아가는 길이 달라져 회사를 나오게 되었지만 지금은 감사하는 마음밖에 없습니다."

말하면서 눈물이 차올랐다. 몇 번이나 고민을 거듭하고 마음속으로 이해해서 결심한 것인데도, 그 생각의 노정을 지날 때마다 눈물이 왈칵 쏟아졌다. 심지어 이렇게 면접을 보는 와중에도.

이토록 정서가 불안정한 데다가 만남 사이트에서 활동하고 있다고 이력서에 적어 넣는, 정체를 알 수 없는 지원자는 역시 채용될 리 없겠지. 결국 만남 사이트에 대해서는 누구도 물어보지 않았다.

하지만 불길한 예감과는 달리 면접을 보고 얼마 되지 않아 1차 면접에 통과했다는 연락을 받았다. 앞으로 치를 2차가 최종 면접이라고 했다.

최종 면접 당일, 지난번과 같은 회의실에 들어서자 이 번에는 남녀 면접관이 한 명씩 있었다. 둘 다 지난 면접에서 본 사람들로, 긴장했던 마음이 조금은 풀렸다. 그런데 남성 면접관이 내 인사가 끝나자마자 웃음을 억누르듯 말하는 것이 아닌가.

　　"하나다 씨의 이야기를 듣는 것이 너무 기대되어 힘들 었어요."

　　"네? 아, 그러신가요? 만남 사이트 말씀이신가요?"

　　"만남 사이트라고 아무렇지도 않게 말씀하시는군요! 후훗! 모두 함께 이력서를 보다가 다들 깜짝 놀라서 떠들썩 했거든요. 수상한 사람이 응모했다면서."

　　두 사람은 새로 개점하는 매장의 리더 정도로 보였다. 여성 면접관이 말을 이어받았다.

　　"보통 사람이 할 수 있는 일은 좀처럼 아니잖아요. 정말 대단하신 것 같아요. 그만큼 책에 대한 하나다 씨의 열정이 보통 이상이라고 생각해요."

　　"흠, 그런가요?"

　　막상 훌륭하다는 식의 말을 듣고 나니 기분은 좋았다. 다만 그 순간 내 머릿속에 떠오른 장면은 마피아 게임을 한 것이나 역헌팅을 한 것이었기 때문에 두 면접관이 칭찬하는 '훌륭함'과는 거리가 멀다는 생각이 들었다. 그렇게 지나온 나날이 '책'에 대한 열정이었던 걸까? 뭔가 조금 아닌 것 같은데.

"물론 지난 면접에서 빌리지 뱅가드에 관해 말씀하신 것을 들은 영향도 크고요. 이런 재미있는 에피소드를 가지신 분, 당연히 채용할 수밖에 없죠! 한 명 정도는 이렇게 '크레이지'한 사람이 있어야 하는 법이잖아요. 하나다 씨는 크레이지 담당으로 채용하는 셈 치죠, 뭐. 후훗."

마주한 두 사람 모두 싱글벙글 웃고 있었다. 앗, 뭐라고? 채용이라고?

"그래서 하나다 씨가 담당하실 분야에 대해서 말씀인데……."

너무나 갑작스러운 채용 통지였다.

물론 자기 홍보의 하나로써 도움이 되면 좋겠다는 생각으로 만남 사이트에 관해 적기는 했지만, 그런 걸 이력서에 썼다는 이유로 취직이 결정된 사람이 나 말고 또 있을까?

이 세계는 정말 대단하다. 내가 생각한 것 이상으로 세계는 유쾌할지 모른다. 영원히 끝나지 않을 것 같았던 구직 활동도 그렇게 갑작스레 막을 내렸다.

☆

　당장이라도 비가 내릴 것만 같은 흐린 하늘. 이 역에서 내리는 것도 꽤 오랜만이다. 그렇다 해도 겨우 일 년 만이니까 그렇게까지 달라진 곳은 눈에 띄지 않지만. 과거 둘이서 살던 집 근처 니시닛포리의 한 찻집에서 남편을 만났다.

　나는 준비해 온 이혼 서류를 건넸다. 가게는 텅 비어 있었지만 남편은 주변 사람에게 보이고 싶지 않은 듯, 내가 서명한 것만 확인하더니 곧장 자기 가방 안에 집어넣었다.

　"주말에도 구청에서 받아주는 것 같으니 오늘 써서 내일 제출할게."

　"응, 고마워. 잘 부탁해."

　그런 후에는 돈을 정산했다. 같이 살면서 둘이 저축해 온 돈이다. 별거할 때 남편이 셰어하우스에서 산다고 해서 커다란 가구나 가전은 거의 다 내 집으로 옮긴 상태였다. 앞으로도 그대로 사용하고 싶으니까 그 금액을 바탕으로 저축한 돈을 배분하기로 했다.

　냉장고는 11만 엔, 텔레비전은 8만 엔, 가리모쿠 소파는 5만 엔…… 등 꽤 가격이 나갔던 물건에 대해서는 정가의 반액 정도를 쳐서 내가 사는 것으로 계산한 후 예금에서 차

감한 돈을 반으로 나누었다. 금액이 맞는지 각각 확인하고 나자, 이제 남은 일은 눈앞의 은행 ATM에서 남편의 몫을 뽑아서 건네주는 것뿐이었다.

딱히 누구랄 것도 없이 '지금은 어디에 살고 있어? 새로운 일은 어때? ○○ 씨랑은 최근에 만난 적 있어? 그렇구나, ○○ 씨 건강하게 잘 지내?'와 같이 정말로 하고 싶은지 아닌지 알 수 없는 이야기를 두런두런 나누었다. 세상 돌아가는 이야기를 어느 정도 하고 나니 남편이 말했다.

"당장은 무리일지도 모르지만 나중에 둘 다 조금 안정되면 가끔 만나서 밥이라도 먹자."

나도 그러자고 답했다. 정해진 대사처럼 "지금까지 고마웠어"를 말하자 어느덧 대화의 끝에 다가선 기분이었다. 그 후의 "나야말로", "이것저것 미안해", "아니, 나야말로 미안했어", "즐거운 일도 참 많았는데", "응, 정말 즐거웠지"와 같은 말들을 주고받았다. 진심인 것 같기도 하고 그저 좋게 마무리 짓기 위한 대화인 것 같기도 했다. 그야말로 이혼을 앞둔 부부의 모범 답안 인사를 흉내 내는 기분이었다. 돌림노래처럼 반복되는 우리 둘의 "고마워"는 게슈탈트 붕괴Ge-staltzerfall를 일으켜 이제 더는 아무 말도 하지 않기 위해서 하는 말이 되었다. 나쁜 감정은 별로 없다는 듯. 적어도 마지막만큼은 좋은 분위기로 끝내고 싶다는 듯.

　　ATM 바로 앞에서 헤어지는 것도 조금 이상했지만 "그럼 건강히 지내"라고 말한 뒤, 손을 흔들며 빠른 걸음으로 자리를 떴다.

　　역 쪽으로 향하는 척하고는 혼자서 둘이 함께 살았던 아파트를 보러 갔다. 대로 건너편에서 우리가 살던 7층 방을 올려다보았다. 지금은 새로운 사람이 사는 듯 닫힌 창문에 본 적 없는 파란 커튼이 쳐져 있었다.

　　어째서 이렇게 되어버렸을까. 즐거운 시절도 있었는데. 그렇게 생각하니 눈물이 차올랐다. 조금 울고 나니 '그래, 이걸로 전부 끝이야' 하는 생각이 들며 마음이 차분해졌다.

☆

　　"드디어 이혼했어."

　　그로부터 며칠 뒤, 엔도 씨에게 메시지를 보내자 곧장 답장이 왔다.

　　"고생했어!"

　　평소처럼 정나미 없는 답변이었다. 엔도 씨에게 두 줄 이상의 답변을 받아본 적이 없다. 그렇게 생각하고 있는데 또 한 줄의 메시지가 도착했다.

"밥 먹으러 가자! 축하의 의미로."

그렇게 엔도 씨가 개별 룸이 있는 다소 고급스러운 이자카야를 예약해주었다. 둘이서 마주 보고 앉아서 건배를 나누었다.

"고생 많았어!"

천진난만한 걸까, 아니면 분위기를 어둡지 않게 하려는 노력일까, 엔도 씨가 즐거운 듯 잔을 부딪쳐 왔다.

"어때, 기분은?"

"흠, 슬프기도 한데 후련하기도 해."

"뭐, 그렇겠지. 나나코 씨라면 문제없을 거야! 앞으로 충분히 잘 해나갈 테니까."

"그럴까?"

"누구 없어? 돌싱도 요새 인기가 많다더라고."

"엔도 씨는 말이야."

"응응."

"나랑 섹스하고 싶다고 생각해? 어떤 느낌이야?"

엔도 씨는 마치 만화의 한 장면처럼 풉! 하고 술을 뿜으며 말했다.

"무슨 소리야, 갑자기? 재미있는 이야기? 아니면 무서운 이야기?"

"아니, 둘 다 아니야. 그냥 그런 식으로 생각할 때도 있나 해서."

"솔직히 말해서, 하게 해주면 할 거야! 그래도 그런 분위기는 아닌 것 같고, 뭐 지금은 지금 나름대로 좋다 싶어."

"음, 그렇구나. 그래도 중학생 수준의 질문이라 미안하지만 그 말은 곧 '내가 좋다'는 아니라는 거지?"

"어라, 뭐야, 화난 거야?"

"아니, 전혀 화 안 났어. 그냥 상황 정리 중이야."

"좋으냐, 싫으냐를 묻는 거라면 꽤 좋아하는 편이야. 그런데 좋아한다는 것이 뭘까. 지금 나랑 그런 관계가 되고 싶다는 이야기인 거야?"

"아니, 꼭 그런 건 아니야. 뭐, 나도 그냥 지금의 관계로 좋지 않을까 생각하거든. 연애 같은 것은 잘 모르겠기도 하고, 이렇게 가끔 만나면 즐거워. 엔도 씨는 그야말로 지금 내가 가장 신뢰할 수 있는 친구니까."

"아싸!"

"매주 데이트하고 싶다거나 사귄 지 일 년이니까 선물을 교환한다거나, 그런 건 딱히 하고 싶지 않아."

"아, 그건 나도 마찬가지야. 그냥 지금까지처럼 지내도 좋지 않을까? 아, 아니면 혹시 섹스하고 싶은 거야? 좋아! 지금 호텔로 갈까?"

그는 "희번덕!"이라는 의태어를 입으로 덧붙이며 농담을 섞어 말했다.

"아니, 안 갈 거야."

"으엑."

"엔도 씨랑 할 수 있을지, 못 할지를 물으면 당연히 할 수 있긴 할 텐데."

"아싸!"

"그래도 실질적인 문제는."

"응응!"

"지금 그렇게까지 성욕이 없거든."

지금껏 나를 향해 몸을 기울이고 있던 엔도 씨가 '하아' 하고 과장되게 한숨을 내쉬며 의자 등받이에 기대앉았다.

"저기, 그런 말은 하지 말아줘!"

"어, 무슨 말?"

"뭐랄까, 코앞에서 술 마시는 여자가 자기는 성욕이 하나도 없다고 말하는 것만큼 김빠지는 일도 없다고! 섹스 따위는 실제로 안 해도 좋아. 그래도 남자는 '할 수 있을지도 몰라'라는 희망만으로 살아가는 존재야! 그러니까 꼭 나한테가 아니어도 '지금 나, 성욕이 엄청 끓어올라'라고 말해주는 편이 훨씬 기분 좋아."

그의 독자적인 이론은 전혀 이해할 수 없지만 시원찮은 이야기라는 점은 틀림없었다.

"그러니까 나나코 씨도 '언젠가 기분이 바뀌어서 하게 해줄 날이 올지도 몰라'라고 생각할 수 있으면 그걸로 좋아. 그것만으로 나는 기분 좋게 술을 살 수 있다고."

"아, 매번 사줘서 고마워. 그래도 그런 거였어? 오히려 그런 기분이 들게 하는 걸 남자들은 싫어할 거라고 생각했어."

"아니, 그게 말이야. 하게 해줄 것 같으면서도 할 수 없는 여자가 가장 좋거든."

"하아 뭐, 잘 모르겠다. 그럼 엔도 씨가 기대할 수 있도록 말해볼게. 될 수 있으면."

농담을 반쯤 섞어서 적당히 말하자, 그 적당함을 바탕으로 엔도 씨가 더욱 신이 나서 말했다.

"그거 좋네! 그럼 나나코 씨의 성욕이 폭발해서 누구라도 좋으니까 하고 싶어지면 나한테 말해. 그래, 그러고 보니 해프닝 바happening bar, 성적으로 다양한 취미를 가진 남녀가 모여 돌발적인 행위를 즐기는 바에 가보자! 나는 한 번도 안 가봤거든."

그는 이미 꿈으로 부풀어 오르기 시작했다.

생각해보면 처음 만났을 때부터 하고자 하면 할 수 있는 기회는 얼마든지 있었다. 다만 서로가 그런 분위기를 드러내지도 않았고 어느 한쪽이 먼저 들이대지도 않았다. 우리는 소통 능력은 있지만 연애 능력은 떨어지는 걸까. 성적인 분위기는 딱히 없지만 이렇게 거리낌 없이 대화를 나눌 수 있는 관계가 편하게 느껴졌다.

"뭐, 이런 말을 잔뜩 늘어놓은 뒤라 조금 그렇지만 나나코 씨는 좋은 사람을 찾을 수 있을 거야. 나는 나나코 씨가 정말로 행복해졌으면 좋겠어."

농담처럼 말하는 그 한마디가 그의 본심이라는 것을 알기에 마음을 울렸다. 그리고 '누구든 좋으니까 섹스하고 싶어!'라는 순간이 왔을 때 보험이 있다는 것은 분명 고마운 일일지도 모른다. 그렇다고는 해도 엔도 씨와는 평생 안 할 것 같지만.

"그래도 좋아 보여서 다행이야."

"뭐가? 이혼한 것?"

"그것도 그렇고 여러모로. 처음 만났을 때는 일도 괴로워 보였고 말이야. 그래도 뭔가 앞으로 나아가고 있잖아."

"응. 엔도 씨 덕분이야."

"왜 내 덕이야! 나랑은 전혀 관계없잖아!"

그렇게 웃고 떠들면서 점원을 불러 맥주를 추가로 주문했다. 이런 밤이, 친구가 나를 지탱해준다.

2월치고는 꽤 따뜻해서 마치 봄 같은 날.

오늘로 이 동네와도 이별이다. 새로운 직장은 요코하마에서 못 다닐 정도는 아니지만 빌리지 뱅가드를 퇴사한 이상, 사택인 지금 아파트에서는 일단 퇴거해야 한다. 계속 살려면 살 수는 있었지만 절차도 번거로웠기에 그냥 이직한 회사와 가까운 곳으로 이사하기로 했다.

다만 그런 문제는 둘째 치고, 눈앞에 닥친 큰일은 앞으로 세 시간 뒤에 이삿짐센터에서 오기로 한 것이다. 이삿짐을 전혀 정리하지 못했다. 분주하게 포장 작업을 서둘러봤지만 세 시간 안에는 정리가 끝날 것 같지 않았다. 그 순간, 가까이에 사는 데쓰 씨에게서 문자가 왔다.

"어제 책장에 궁금한 책이 하나 있었는데 벌써 상자에 넣었어? 그럼 어쩔 수 없지만 빌린 책을 가져다주러 가는 김에 그 책도 빌리고 싶어서. 돌려줄 때는 새로운 직장으로 가져다줄게."

애초에 왜 이렇게까지 아슬아슬한 상황에 놓이게 된 걸까. 어제도 분명 진심으로 짐을 싸야겠다고 생각했는데, 결국 T 사람들이 잔뜩 놀러 와서 마리오 카트 대회를 했다.

이사를 하기로 마음먹고 난 후 T 친구들이 연일 놀러 왔다. 데쓰 씨도 그들 중 하나였다. 모두와 함께 나베 요리를 해 먹고 게임도 하며 놀았다. 얼마 후면 이사를 가야 했기에 기한이 정해진 여름방학 같은 날들이 이어졌다. 성인인 그들은 초등학교 시절 하교를 재촉하는 종소리를 듣기라도 한 듯 자정을 넘기면 "슬슬 돌아갈까?" 하며 하나둘 집으로 돌아갔다.

일상적으로 사람들이 놀러 오게 되면서 내 집에 익숙해진 그들은 제멋대로 냉장고를 쓰고, 책장을 마음대로 정리했다. 그런 날들이 신선하고 즐겁게 느껴졌다. 사람들이 돌아가고 집이 텅 비면 쓸쓸함이 왈칵 밀려왔지만 그런 쓸쓸함을 맛보는 것조차 기분 좋았다. 데쓰 씨에게는 미안했지만 그를 이용하기로 했다.

"책을 줄 테니까 지금 바로 오세요!"

우리 집에 온 데쓰 씨는 결국 이삿짐 싸기를 도와주었을 뿐만 아니라 이삿짐센터 사람들이 온 후에도 쓰레기 버리기, 청소기 돌리기 등을 맡아서 해치웠다. 이삿짐센터 사람들은 그를 이 방의 주인이라 믿고서 "이건 새집으로 가져간다고 했나요? 버린다고 했나요?" 하고 물었다.

그가 마침내 해방되었을 때는 이미 해가 저물어 하늘이 오렌지 빛으로 물들어 있었다.

"이상해……. 나는 그냥 책을 빌리러 왔을 뿐인데 벌써 시간이 이렇게 되다니……."

생각해보면 지금까지 이곳저곳 전근이 이어져 동네 친구를 만든 적이 없었다. 물론 이사를 할 때 친구가 와준 적도 없었다.

그런데 어째서 요코하마에서는 이렇게 친구가 많이 생긴 걸까? 그래, 「X」에서 에자키 씨를 만났고 그가 T에 초대해줘서 거기에서 친구를 많이 사귀게 되었지.

물론 「X」가 없었더라도 만들고자 했다면 가는 동네마다 친구를 만들 수도 있었을 것이다. 하지만 그 전까지는 그런 생각을 하지 못했다. 어느 쪽이 진짜 나일까? 낯을 가리는 성격도 나인 건 분명한데.

요코하마에서는 인연이 너무 많이 생겨서 이것이 마지막이라고는 도저히 생각할 수 없었다.

사거리 도로에서 큰절이라도 하고 싶은 마음을 담아서 몇 번이고 예를 표하며 데쓰 씨와 헤어졌다.

"책, 고마워. 새로운 직장에도 놀러 갈게!"

"저도 또 조만간 놀러 올게요! 그럼 다음에 봐요!"

오렌지 빛에서 보랏빛으로 변해가는 하늘 아래, 나는 요코하마 역을 향해 걷기 시작했다.

새로운 아파트에 짐을 모두 넣고 나니 이미 땅거미가 지고 있었다. 당장 사용할 물건만 상자에서 꺼내고 TV를 연결한 뒤 짐들을 밀어놓았다. 그렇게 겨우 잠잘 공간을 만들고 나니 밤 11시가 넘어 있었다.

아직 밥을 먹지 않았다는 사실을 깨닫고는 지갑만 손에 들고 낯선 거리로 나섰다. 어디에 뭐가 있는지 하나도 모르는 상황에 어쩐지 웃음이 났다.

작은 다리를 건너 터덜터덜 큰 길가에 이르자 이름도 들어본 적 없는 패밀리 레스토랑이 우두커니 서 있었다. 영업시간을 확인하고 안에 들어섰다.

늦은 시간인데도 연인들과 학생들이 삼삼오오 모여 앉아 즐겁게 떠들며 식사를 하고 있었다. 주문을 마치고 창밖을 바라보았다.

낯선 색의 텅 빈 버스 여러 대가 눈앞을 지나갔다. '새로운 거리에 왔구나, 앞으로는 이 버스를 타고 생활하게 되는 걸까' 하고 상상해보았다. 한밤중의 패밀리 레스토랑은 우주선 같다. 언제든지 다정하게 밤을 유영하게 해준다.

일 년 전 내 자리를 잃고 패밀리 레스토랑에서 절망하던 그날, 즐거운 일 따위는 하나도 없다고 느꼈다. 그 후 떨리는 주먹을 불끈 쥐고 강을 들여다보기 위해 몸을 움직이기 시작한 나는, 어느새 그 강물에 빠져서 커다란 흐름에 떠밀리듯 흐르고 흘러 이런 곳에 도달했다. 그리고 이제 더는 내가 있었던 장소가 떠오르지 않는다. 여자는 금방 과거를 잊으니 잔혹한 생물이라는 말들을 하는데 나도 분명 그런 사람 중 하나일 것이다. 더 이상 결혼 생활을 떠올리며 감상적으로 눈물을 흘리는 일도 없고, 특별하고 소중했던 지난 일 년에 대해서도 언젠가 잊고 말겠지.

이렇게 내달리는 느낌만이 내가 살아 있음을 느끼는 증명인 걸까. 그렇다면 슬프다. 그렇기에 더욱 다른 사람의 인생에 한순간만이라도 관여하고, 그 사람 속에 존재할 수 있기를 강렬하게 바라는지도 모른다.

"오래 기다리셨습니다."

끝없이 이어지는 생각을 잘라내듯 요리가 나왔다. 갓 만든 요리의 맛있는 냄새가 코를 자극했다.

오늘부터 다시 무언가가 시작된다. 나는 또 어디로 떠밀려 가는 걸까. 그렇다면 어디까지고 따라가서 똑똑히 지켜봐줄 테다. **내가 갈 수 있는 최대한 먼 곳까지.**

후기

2017년 가을, 책방에서

이 책은 'WEBmagazine 온도'라는 사이트에 연재한 글을 바탕으로 한다.

사이트에 연재를 시작하고 얼마 지나지 않아, 생각지도 못할 정도로 큰 반향을 얻었다. 처음에는 수십 명 정도의 지인이 재미있게 읽어주었으면 하는 가벼운 마음으로 쓰기 시작했는데 예기치 않은 전개에 놀라고 말았다.

트위터에서 내 글을 소개하는 트윗의 리트윗 수가 늘어나는 것을 보고 기쁘다기보다는 너무 놀라워서 당황하고 말았다. 그 당황스러움이 잦아들고 이틀가량 지나서야 비로소 기쁨이 찾아왔다.

모르는 사람이 이렇게나 많이 읽어주고 자신의 타임라인에 "재미있다", "뒷이야기가 궁금하다"라고 써서 리트윗을 해주다니. 내가 쓴 무언가가 사람들의 마음에 가닿는 일이 일어나다니 믿을 수 없었다. 너무 기뻐서 이불 안에서 계속 손발을 파닥거렸다.

　나는 채용이 결정된 대형 복합 서점에서 잠시 일했지만 몇 년 후 그곳을 그만두고 도쿄의 동쪽 끝, 오래된 동네에 자리한 작은 서점에서 점장을 맡았다.

　커다란 서점보다 작은 서점이 손님과 대화를 나누기에 좋았고, 시간이 느긋하게 흘러서 즐거웠다. 서점에서 고객에게 책을 추천하는 것은 「X」의 연장선에 있었다. 다만 다른 점은 돈을 내고 책을 사준다는 점. 그리고 무엇보다 관계가 지속될 수 있다는 점이 기뻤다.

　"저번에 추천해주신 그 책, 정말 재미있었어요!"라며 흥분한 채로 다시 찾아주는 손님도 있었고, 여러 번 대화를 나누면서 자연히 취향을 알게 되어 부탁받지 않아도 책을 추천하게 된 손님도 있었다.

　'이번 이 신간, ○○ 씨가 좋아할 것 같네. 한 권 주문해 둬야지.'

'다음 주쯤 ○○ 씨가 또 오겠네. 무슨 책을 추천할까. 이것도 괜찮을 것 같은데.'

처음에는 완전한 타인이었는데도 점점 마음을 털어놓게 되고 관계가 깊어지는 것이 큰 보람으로 다가왔다. 반대로 손님들로부터 책을 추천받는 일도 늘었다.

"하나다 씨, 이 책은 읽어봤어요? 좋아할 것 같은데."

서점 일에만 집착한 것은 아니었지만, 결과적으로 사년 전보다 책 추천하는 일을 더욱 좋아하게 되었다.

그런 일상 속에서 내가 쓴 글에 대한 반응이 예상을 뛰어넘어 놀라긴 했지만, 그것 말고는 평화로운 나날을 보내고 있었다.

내 글의 연재가 반쯤 지났을 무렵이었다. 가을의 어느 일요일. 서점 계산대에 앉아서 일하는데 나와 비슷한 연배의 여성 손님이 말을 걸어왔다.

"트위터에서 연재하신 글을 읽고는 만나 뵈러 왔어요. 저한테도 책을 추천해주실 수 있으실까 해서요."

'아, 트위터가 널리 퍼지면 이런 일도 생기는구나!'

"그러세요? 정말 고맙습니다. 어떤 종류의 책을 읽고 싶으신가요?"

그러자 그녀가 갑자기 입을 닫았다.

'어라? 조금 이상한 사람인가? 아니면 뭔가 생각 중인가?'

그녀의 얼굴을 슬쩍 바라보자 말을 꺼내려면 눈물이 차오르는지 감정을 억누르려 애쓰고 있었다. 나는 조용히 그녀를 지켜보았다. 그녀는 잠시 후 울음을 참지 못하고 쥐어짜듯 말했다.

"어머니가 얼마 전에 돌아가셨어요……. 그래서 뭔가…… 책을 읽고 싶어서요."

그 말을 듣고는 상황을 이해했다. 이럴 때는 당황하거나 동요하지 않아야 상대를 안심시킬 수 있다. 지난번 유카리 씨로부터 받은 코칭을 통해 배운 것이다. 평정을 유지하기 위해 마음을 다잡고는 그녀와 함께 책장 쪽으로 향했다.

"평소에는 어떤 책을 주로 읽으세요? 책은 자주 읽는 편이신가요?"

"그렇게 많이 읽는 편은 아니에요. 긴 책이나 어려운 책은 못 읽을 수도 있어요."

"그렇군요. 그러면 책을 읽고서 어떤 기분을 느끼고 싶으냐에 따라 다를 수 있지만……."

우선 마스다 미리의 『오늘의 인생』을 손에 들고 표지를 보여주었다.

"괴로운 마음을 달래고 싶거나 잠깐이라도 슬픔에서 벗어나 따뜻한 시간을 보내고 싶다면 이 책이 좋을 것 같아요. 그렇다고는 해도 괴로움을 무시하고 무리하게 웃게 만드는 책은 아니거든요. 이 책에도 작가의 아버지가 돌아가신 에피소드가 담겨 있어서 공감할 수 있을 거예요. 약해진 자신이라도 긍정적으로 바라보게 하는 내용이에요."

그렇게 책을 소개한 후 다른 책장에서 야마자키 나오코라山崎ナオコーラ의 『아름다운 거리美しい距離』와 저장용 서랍에서 우에노 겐타로의 『안녕이란 말도 없이』를 꺼내 들고 말했다.

"아니면 지금 안고 있는 슬픔을 좀 더 제대로 마주하기 위해 이 책『아름다운 거리』를 읽어보시면 어떨까요? 암에 걸린 젊은 아내를 간호하는 사람이 주인공인 소설인데요. 미담처럼 감동을 불러일으키는 내용이라기보다는 일상에 대해, 상대방에 대해, 그리고 본인 마음이 어떻게 움직이는지에 대해 조용하고도 진지하게 맞서는 책이에요. 아내가 입원하는 이야기부터 사후 장례를 치르는 이야기까지 전반적으로 쓰여서 자기 상황과 겹쳐지면 울음이 터져 나올 수도 있지만, 그렇기에 더욱 자신의 감정을 소화해내는 데 도움이 될 것 같아요.

그리고 더욱더 슬픔에 젖어들고 싶다면 『안녕이란 말도 없이』도 상당히 좋습니다. 이건 만화인데요. 남자들이 좋아할 법한 그림체이지만 만약 그런 그림에 거부감이 없으시다면……. 아내가 병으로 급사하게 된 이후의 나날을 그린 작품이에요. 견디기 어려운 슬픔, 일상이 송두리째 변해버리고 말았다는 사실을 극한까지 그려낸다고 할까요. 사랑하는 사람을 잃는다는 것이 정말 이 정도일까, 그 아픔이 그대로 전해지는 책이에요."

그녀는 잠시 울음을 멈추고는 내가 하는 이야기에 귀 기울여주었다.

"괜찮으시면 내용을 조금 읽어보세요. 맞는 책이 있으면 좋겠네요."

고개를 끄덕이며 책을 살펴보기 시작한 그녀를 홀로 두고 나는 계산대로 돌아갔다.

잠시 후 그녀가 계산대로 가져온 것은 『아름다운 거리』와 『안녕이란 말도 없이』 두 권이었다. 그 두 권을 골랐다는 사실에서 그녀가 지금 어떤 마음으로 책을 찾고 있는지가 전해져 덩달아 나도 눈물이 나려 했다. 그녀는 어머니를 잊고 싶거나 마음이 편해지고 싶은 것이 아니라, 그저 있는 그대로의 슬픔을 마주하며 더 깊이 파고들고 싶은 것이다.

책을 소개하다 보면 이렇게 의도치 않게 상대의 마음 깊은 곳, 강렬한 감정과 커다란 사건을 마주하게 된다. 과거의 괴로운 일 때문에 겪은 트라우마나 오랜 시간 품어온 콤플렉스, 열등감, 인생에 커다란 영향을 끼친 상실감을 접할 때가 있다.

그럴 때는 내가 할 수 있는 한 최대한 진지하게, 동요하거나 놀라거나 과도하게 반응하지 않고 그 사람의 마음을 계속 받아낼 수 있도록 노력한다.

무엇보다 다행이었던 점은 그녀의 마음을 울린 책이 있었다는 것이다. 그 책의 재고가 서점에 있었다는 것도 다행스러운 일이다.

그 무렵 『오늘의 인생』은 출간된 지 얼마 되지 않아 잘 팔리는 책이었기 때문에 재고가 떨어지는 일은 없었다. 하지만 『아름다운 거리』는 출간된 지 일 년도 더 지난 책으로, 시간이 흐른 문예 단행본은 잘 팔리지 않기에 한 권만 놓아두는 경우가 많다. 얼마 전에 한 권을 판 기억이 있었는데 제대로 보충해놓았는지 확신하지 못했다. 『안녕이란 말도 없이』는 내가 아주 좋아하는 책이어서 개점 당시에는 책장에 꽂아두었지만 잘 팔리는 책도 아니고 주변에 있는 책과 어울리지도 않아서 재고품으로 서랍에 넣어놓았다. 그런데 아직 남아 있었다니. 「X」 때와는 다르게 지금 이 순간, 이 곳에 책이 없으면 아무런 의미가 없다. 그렇기에 그 두 권을 발견했을 때는 내심 가슴을 쓸어내렸다.

그녀가 계산대에서 돈을 내며 감사의 말을 건네는데, 문득 신경이 쓰여서 물었다.

"혹시 오늘은 먼 곳에서 와주신 건가요?"

그녀가 대답했다.

"니가타에서 왔어요."

몇 시간이나 되는 거리에서 나를 만나러 왔단 말인가. 현기증이 일었다.

이렇게 전혀 모르는 누군가에게 도움이 될 수 있다는 것은 역시 최고로 행복한 일이다. 물론 늘 다른 사람의 기대에 부응했다고 말할 수는 없지만.

'돕고 싶다, 다른 사람에게 도움이 되고 싶다'는 마음만으로는 구체적으로 타인에게 관여할 수 없다. 괴로워하는 사람에게 "빨리 기운을 찾으시기를 바라요"라거나 "앞으로 좋은 일이 생길 거예요"라는 말은 쉽게 꺼낼 수 없다. 잘 모르는 사람이라면 더더욱.

하지만 책을 통해서라면 스스로의 생각을 강요하지 않

으면서도 잘 모르는 사람과 마음을 교환할 수 있다. 책에 관한 상담이 아니었다면 그녀는 나에게 자신의 가장 중요한 이야기를 털어놓지 않았을 것이다. 나 역시 그녀 어머니의 죽음을 떠올리며 눈물을 흘릴 일도 없다. 슬픔을 제대로 마주하고 싶어 하는 그녀의 마음을 알게 되는 일도 없었을 것이고, 그녀의 등을 조용히 밀어줄 일도 없었을 것이다.

그렇기에 책이라는 존재를 좋아하는 것이다. 이런 식으로 누군가에게 책을 소개할 수 있는 서점 일도.

하지만 무척이나 개인적이고 무모한 모험에 대한 내 추억이 이렇게 책으로 만들어지리라고는 생각하지 못했다.

어라……?

그렇다는 것은, 혹시 언젠가 내 책도 누군가로부터 누군가에게 추천되는 날이 오는 걸까? 그것은 무한 루프……까지는 아니더라도, 아무튼 대단한 일이다. 책을 소개하는 일이 계속 이어지는 거니까.

만약 그렇게 된다면 정말로 기쁠 것 같다.

이 책은 《WEBmagazine:温度》에 2017년 8월부터 11월까지 연재된 것을 일부 더하고 수정하여 완성했습니다. 저자의 실제 경험을 바탕으로 하였으나 등장인물의 이름과 단체명 등은 실명이 아닌 가명을 썼음을 알려드립니다.

추천사

한 사람에게 꼭 맞는 책을 추천하기 위해서는 꽤 많은 시간과 품이 듭니다. 그 사람의 성격이나 취향, 가치관에 대해 모르면 함부로 추천할 수 없고, 책에 관해서도 제대로 알지 않으면 안 되니까요. 짧은 시간에 원하는 대화가 이뤄지도록 상대의 마음을 파고들어야 하고, 그 과정에서 의도치 않게 상대의 마음 깊은 곳과 마주하게 되기도 합니다. 틈틈이 책을 읽으며 데이터를 쌓아야 하는데, 단순히 많은 책을 안다고 되는 일은 또 아니라서 사람과 책을 적절하게 매치하는 안목도 길러야 합니다. '사람'과 '책'. 광활한 두 우주를 이해하고 연결하기 위해 노력하는 동안 저라는 사람이, 저를 둘러싼 세계가 얼마만큼 넓어지고 깊어졌는지 몰라요. 그 증거물로 이 책을 내밀고 싶습니다.

'사적인 서점'을 열고 책 처방 프로그램을 진행하며 새롭게 생긴 독서 습관이 있습니다. 이 책을 누구에게 추천해주면 좋을까, 책을 읽으며 얼굴도 모르는 상대를 떠올리곤 해요. 『만 권의 기억 데이터에서 너에게 어울리는 딱 한 권을 추천해줄게』를 읽으면서는 손에 쥔 것이 아무것도 없어 불안해하는 누군가가 생각났습니다. 지금의 나를 바꾸고 싶은데, 내 세상은 너무 좁고 얇다는 생각이 드는데, 어디서부터 어떻게 한 걸음을 떼어야 할지 막막하다면 이 책을 읽어보세요. 내가 모르는 세계를 알아가는 즐거움이 이 책 안에 있습니다. 분명 좋은 나침반이 되어줄 거예요.

한 사람을 위한 사적인 서점
북디렉터 정지혜

〈이 책에서 추천한 도서〉

제1장

히구치 다케히로(樋口毅宏) 『일본의 섹스(日本のセックス)』 〔후타바 문고(双葉文庫)〕

오미야 에리(大宮エリー) 『'마음을 전한다는 것 전시회'의 모든 것(思いを伝えるということ展のすべて)』 〔포일(フォイル)〕

고바야시 쇼헤이(小林 昌平), 야마모토 쇼지(山本 周嗣), 미즈노 게이야(水野 敬也) 『웃기는 기술(ウケる技術)』 〔도와야노시 문고(童話屋の詩文庫)〕

고 히로키(江弘毅) 『Meets로 가는 길—'마을 잡지'의 시대(ミーツへの道 「街的雑誌」の時代)』 〔혼노잣시샤(本の雑誌社)〕

제2장

히라노 게이치로(平野啓一郎) 『나란 무엇인가』 (21세기북스)

모토 히데야스(本秀康) 『와일드 마운틴(ワイルドマウンテン)』 (IKKI COMICS)

기노시타 신야(木下晋也) 『포텐 생활(ポテン生活)』 〔모닝KC(モーニングKC)〕

하야미즈 겐로(速水健朗) 『도시와 소비와 디즈니의 꿈(都市と消費とディズニーの夢)』 〔가도카와one테마21(角川oneテーマ21)〕

제3장

레이먼드 먼고(Raymond Mungo)『취직하지 않고 살아가는 법(就職しないで
生きるには 원제: Cosmic Profit)』〔쇼분샤(晶文社)〕

니시무라 요시아키(西村佳哲)『나의 일을 만든다(自分の仕事をつくる)』〔지쿠
마 문고(ちくま文庫)〕

사카구치 교헤(坂口恭平)『나만의 독립국가 만들기』(이음)

이케다 하야토(イケダハヤト)『연봉 150만 엔으로 우리는 자유롭게 살아간다
(年収150万円で僕らは自由に生きていく)』〔세이카이샤 신서(星海社新書)〕

후루이치 노리토시(古市憲壽)『절망의 나라의 행복한 젊은이들』(민음사)

존 크라카우어(Jon Krakauer)『인투 더 와일드』(바오밥)

리처드 바크(Richard Bach)『환상』(한숲출판사)

제임스 클라벨(James Clavell)『23분간의 기적』(형상사)

아르테이시아(アルテイシア)『다 까발리는 걸즈토크(もろだしガールズトー
ク)』〔벨시스템24(ベルシステム24)〕

후지코 F 후지오(藤子・F・不二雄)『모자공(モジャ公)』〔쇼가쿠칸(小学館)〕

이토 히로미(伊藤比呂美), 에다모토 나호미(枝元なほみ)『뭐 먹었어?(なにたべ
た?)』〔주코 문고(中公文庫)〕

제4장

잭 케루악(Jack Kerouac)『길 위에서』(민음사)

야마다 즈니(山田ズーニー)『어른의 소논문 교실.(おとなの小論文教室。)』〔가
와데 문고(河出文庫)〕

미즈노 게이야(水野敬也)『'미녀와 야수'의 야수가 되는 방법(「美女と野獣」の
野獣になる方法)』〔분슌 문고(文春文庫)〕

조지 아키야마(ジョージ秋山)『버리기 어려운 사람들(捨てがたき人々)』〔겐토
샤 문고(幻冬舎文庫)〕

제5장

사와키 고타로(沢木耕太郎) 『나는 아직 도착하지 않았다』 (재인)

제6장

시부야 조카쿠(渋谷直角) 『카페에서 자주 들려오는 J-POP의 보사노바 커버를 부르는 여자의 일생(カフェでよくかかっているJ-POPのボサノヴァカバーを歌う女の一生)』 〔후소샤(扶桑社)〕

세키시로(せきしろ), 마타요시 나오키(又吉直樹) 『굴튀김이 없다면 오지 않았다(カキフライが無いなら来なかった)』 〔겐토샤 문고(幻冬舎文庫)〕

제7장

라타우트 라푸차른사푸(Rattawut Lapcharoensap) 『관광(Sightseeing)』 〔하야카와 epi 문고(ハヤカワepi文庫)〕

아이다 마코토(会田誠) 『청춘과 변태(青春と変態)』 〔지쿠마 문고(ちくま文庫)〕

구리타 유키(栗田有起) 『바느질녀 테루미(お縫い子テルミー)』 〔슈에이샤 문고(集英社文庫)〕

니시 가나코(西加奈子) 『하얀 증표(白いしるし)』 〔신초 문고(新潮文庫)〕

다케다 유리코(武田百合子) 『후지 일기(富士日記)』 〔주코 문고(中公文庫)〕

프랑수아즈 사강(Françoise Sagan) 『슬픔이여 안녕』 (소담출판사/범우사)

잭 케첨(Jack Ketchum) 『이웃집 소녀』 (크롭써클)

구루마타니 조키쓰(車谷長吉) 『아카메 48폭포 동반자살미수(赤目四十八瀧心中未遂)』 〔분슌 문고(文春文庫)〕

가즈오 이시구로(Kazuo Ishiguro) 『나를 보내지 마』 (민음사)

후기

마스다 미리(益田ミリ) 『오늘의 인생』 (이봄)

야마자키 나오코라(山崎ナオコーラ) 『아름다운 거리(美しい距離)』〔분게이슌
주(文藝春秋)〕

우에노 겐타로(上野顯太郎) 『안녕이란 말도 없이(さよならもいわずに)』 *(미우)*

*2019년 9월 현재의 정보를 바탕으로 함. 국내 번역서는 출판사명을 이탤릭체로 표기

옮긴이 구수영

고려대학교 법학과를 졸업했으며, 현재 일본어 전문 번역가로 활동 중이다. 옮긴 책으로는 『미치지 않고서야』, 『봄을 기다리는 잡화점 쁘랑땅』, 『아무도 죽지 않는 미스터리를 너에게』, 『사원 제로, 혼자 시작하겠습니다』, 『책 읽다가 이혼할 뻔』 등이 있다.

KI신서 8342

만 권의 기억 데이터에서 너에게 어울리는 딱 한 권을 추천해줄게

1판 1쇄 인쇄 2019년 9월 23일
1판 1쇄 발행 2019년 10월 2일

지은이 하나다 나나코
옮긴이 구수영
펴낸이 김영곤 박선영
펴낸곳 (주)북이십일 21세기북스

콘텐츠개발1팀 가정실 정지연 이아림
디자인 형태와내용사이

마케팅1팀 왕인정 나은경 김보희 정유진 **마케팅2팀** 이득재 박화인 한경화
출판사업부문 영업팀 한충희 최명열 김수현 윤승환
홍보기획팀 이혜연 최수아 박혜림 문소라 전효은 김선아 양다솔
제작팀 이영민 권경민

출판등록 2000년 5월 6일 제406-2003-061호
주소 (10881) 경기도 파주시 회동길 201(문발동)
대표전화 031-955-2100 **팩스** 031-955-2151 **이메일** book21@book21.co.kr

(주)북이십일 경계를 허무는 콘텐츠 리더

21세기북스 채널에서 도서 정보와 다양한 영상자료, 이벤트를 만나세요!
페이스북 facebook.com/jiinpill21 **포스트** post.naver.com/21c_editors
인스타그램 instagram.com/jiinpill21 **홈페이지** www.book21.com
유튜브 www.youtube.com/book21pub

서울대 가지 않아도 들을 수 있는 명강의! 〈서가명강〉
네이버 오디오클립, 팟빵, 팟캐스트에서 '서가명강'을 검색해보세요!

ⓒ 하나다 나나코, 2019
ISBN 978-89-509-8298-0 03830